小説

消えた初恋

宮田　光

原作／アルコ・ひねくれ渡

本書は書き下ろしです。

Contents

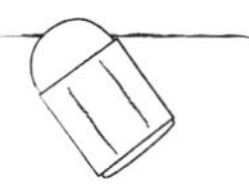

イラスト／アルコ

小説
消えた初恋

Vanishing My first Love

これは一生懸命で善良な高校生たちの、ちょっとおバカな恋の物語である。

1

参考書にかじりつく者、余裕の表れか、あるいはあきらめの境地に至ったのか、じっと目を閉じ腕を組む者、「やっぱ。俺、マジで全然勉強してないわー」と謎アピールに余念がない者。

秋の穏やかな陽光が差しこむ中、東ヶ岡（ひがしがおか）高校二年七組の生徒たちはそれぞれ、一限に行われる数学の確認テストに備えていた。

青木想太（あおきそうた）は参考書を広げていた。一見すると殊勝（しゅしょう）に勉強しているようだが、実のところ、彼が開いているのは数学ではなく地理の参考書である。

しかし青木本人はその事実に気づいていない。

クラス平均を大きく下回る成績の青木は、本来ならば少しでも点を取るため努力すべき身なのだが、彼の意識はミジンコほどもテストに向いていなかった。

青木はそっと右側に視線を向けた。隣の席の橋下さんは、懸命にベクトルの公式を口の中でつぶやいている。その健気な表情に、青木の頬は赤く染まる。

「机の上片づけろー。確認テストするぞー」

チャイムが鳴ると同時に、テストの束を抱えた教師が教室に入ってきた。青木は参考書を片づけペンケースを開く。愛用のシャーペンを取り出すが、消しゴムがどこにも見当たらない。――やべぇ、家に置いてきた……！

「あっくん。消しゴム貸してくれ」

左隣の席の相多に声をかけ、両手を合わせる。

相多は一年の時からの友達だ。しょっちゅう一緒に遊ぶし、好きなアイドルが結婚した時はともに泣きながらコーラを飲み明かしたし、意味もなく二人で夕日に向かって駆けだしたこともある。親友といってもいい間柄だ。

「やだね。一個しか持ってないもん」

しかし、相多は青木の懇願をスパッと切り捨てた。……え？　俺たち、親友だよね？

そう問い詰めたくなるような一刀両断ぶりである。

「冷たすぎる……。俺が追試に苦しんでもいいっていうのか!?」

「青木。お前は消しゴムを持っていたところで……な？」

相多は憐れみの目を青木に向けた。どうせろくな点は取れないだろうと言いたいらしい。言い返せず、青木はぐぬぬとシャーペンを握った。

「青木くん」

机の端にそっと消しゴムが置かれる。右隣を見ると、橋下さんが微笑んでいた。

「これ使って。私、二個持ってるから」

「あっ、ありがとう……！」

なんて優しいのだろう。――正直、橋下さんは天使だと思う。

短めに切りそろえられたつややかな黒髪。丸く柔らかな頬。優しげな印象を与える垂れ気味の眉に、キラキラと澄んだ瞳。

青木の目に橋下さんを形作るすべてが特別な輝きを放って映るようになったのは、去年の二月十四日からだ。

バレンタイン、世の男性陣が期待と緊張に胸を焦がす、年に一度の大勝負の日――。

悲しいかな、誰からもチョコレートをもらえないまま放課後を迎えた青木は、最後の望みをかけて下駄箱の扉に手をかけた。

青木くんが好き。でも、面と向かってチョコを渡すなんて、恥ずかしくてできない。そんな慎み深い誰かが、チョコを入れてくれたかもしれないと一抹の希望を抱きながら。

呼吸を整え、えいやと扉を開ける。しかしそこにあったのは自分のくたびれたローファーだけ。真心のこもった愛らしい包みは、どこにも見当たらなかった。

むなしさにがくりと肩が落ちた。去年も一昨年も家族以外からチョコはもらえなかった。

俺を好きだと言ってくれる女の子なんて、この世のどこにも存在しないんだ……。目に涙が滲んだその時、「青木くん」と柔らかな声で名を呼ばれた。

振り向くと、当時も同じクラスだった橋下さんがいた。橋下さんは抱えていた箱の蓋を開ける。

『よかったらどうぞ』

差し出された箱の中には、カップケーキが一つ入っていた。昼休み、家庭科部の橋下さんは、部活で作ったというカップケーキを仲の良い友達に配っていた。その時の余りなのだろう。

『最後の一個、俺がもらっていいの!?』

青木は顔を輝かせた。単なるおすそわけであるとはわかっている。それでも、バレンタインという特別な日に、自分を気遣ってくれる女子がいるという事実がうれしかった。

『味は自信ないけど……』

橋下さんは遠慮がちに微笑む。

『張り切ってたくさん作り過ぎちゃったの。持て余していたところだから、食べてくれたらうれしいな』

『ありがとう！　いただきます！』

宝物のように掲げたカップケーキに、ガブリとかじりつく。橋下さんの素朴な優しさが、チョコチップの甘さとともにじんわりと体にしみ入った。

『橋下さん、超おいしいよ！』

口の周りをチョコだらけにして伝えると、橋下さんは安堵したように目じりを下げた。

『よかったー』

無防備で無垢な笑み。その笑顔は青木の心の一番柔らかな部分をぎゅっとつかみ、今になっても離さない。

「ハイ、じゃあ後ろに回して」

教師が列の先頭にテストを配り始めた。恭しく消しゴムを手に取った青木は、ふと首をかしげる。消しゴムのケースの下から、緑色のシミがのぞいている。

インク汚れか？　何気なくケースをずらした青木は、その瞬間、雷に打たれたかのような衝撃を受けた。

緑色のそれは、単なる汚れではなかった。明確な意志を持って書かれた文字……人名である。

――イダくん。しかも、くんのあとには、大きなハートマークつき……。

青木は覚えていた。新品の消しゴムに好きな人の名前を書き、使い切ったらその人と両想いになれる。小学生の時、そんなおまじないが女子の間で流行っていたことを……。

手から力が抜け、消しゴムが机の上に落ちた。

ショックの余り、俺の名は井田だと自己暗示をかけるが、もちろん効かない。俺は青木だ。イダではない。イダという名を持つのはこのクラスにただ一人、青木の前の席に座る短髪の男だけ……。

井田浩介……。

二年になって同じクラスになった井田とは、それほど親しい間柄ではない。クラスメイトとして多少の絡みはあるものの、知っている情報といえば、バレー部所属ということぐらいだ。

嫉妬と羨望。二つの感情が入り交じった青木の視線を、井田浩介の堂々たる背中が受け止める。

……そうか。橋下さんはこいつが好きなのか……。

消しゴムに視線を落とす。ケースの下に恋心を秘める橋下さんの奥ゆかしさが愛おしく、愛おしいと感じてしまう自分が悲しい。いくら焦がれようともこの思いが報われることはないと、たった今確定したばかりなのに……。

さよなら、俺の初恋……。

青木は目に涙を溜め、机に突っ伏した。その時、井田が無造作に回したテスト用紙の端が、消しゴムを机から払いのけた。

「わり、落とした」

青木が腰を浮かせるより先に、井田は床に転がった消しゴムに手を伸ばした。

やばいっ、見られる！

心臓が止まりかけたが、井田は拾い上げた消しゴムに自分の名が書かれていると気づかなかったらしい。トンと青木の机に消しゴムを置くと、正面に向き直った。

青木はほっと息をついてテストを後ろに回した。直後、井田が凄まじい勢いで青木を振り返る。

「……え?」

信じられないものを目にするような視線に、青木は「え!?」と身をすくめた。

「いや……、〝イダくん♡〟って……なにそれお前……」

　井田は明らかに動揺していた。恐ろしいことに、消しゴムに自分の名前を書いたのが青木だと勘違いしているようだ。

「おい、違うからな。これは俺のじゃなくてだな……」

「じゃあ誰のだよ」

「それはっ……」

　右に向きそうになった視線をぐっと抑える。ここで消しゴムを橋下さんのものだと言ってしまったら、彼女の気持ちを勝手にばらすことになる。

「……それは……」

　うまい言い訳が思いつかず、喉に声が張りついた。ドッ、ドッ、と自分の心音が大きく聞こえる。

　青木は〝イダくん♡〟という字を隠すように、消しゴムを握りしめた。……これはもう、どうしようもないだろう。

「っ、や……」

　幸いというべきか、テスト用紙が擦れる音や椅子が動く音、あるいは緊張した誰かの咳ばらいの音に、青木と井田のやり取りはまぎれていた。右隣に座る橋下さんでさえ、自分たちの会話に気づいていない。

「やっぱ……俺の……」

青木は顔を伏せた。そう言う以外、誤魔化す方法がわからなかった。

「……お前……まじか……」

井田はがく然と目を見開いた。

無理もない。井田からすれば、突如として後ろの席のやつから告白されたも同然だ。しかも、女子ではなく男から。

「井田、前を向け。テスト始めるぞ」

教師に注意され、井田は「すみません」と前を向いた。

「時間は今からチャイムが鳴るまで。――始め」

号令を受け、クラスメイトたちが一斉にシャーペンを動かし始めた。

――大変なことになってしまった……！

〝イダくん♡〟の文字を見下ろし、青木はぐしゃぐしゃと髪をかき乱した。

後ろの席の青木は、どうやら俺のことが好きらしい。

不意に知らされた衝撃の事実に、井田は額を押さえた。背後が気になり、テストにまったく集中ができない。

一体いつから？　そもそも、どうして俺なんだ。

部活も違えばつるむ友達も違う井田と青木は、決して親しい関係ではなかった。クラスメイトとして軽く言葉を交わしたことはあっても、がっつりと絡んだ経験は皆無だ。恋が芽生える余地などなかったはずだし、第一、男同士だ。それなのに……。

〝イダくん♡〟

緑のインクでデカデカと書かれた文字には、青木の想いが強烈に表れていた。

予想外だった。青木が自分に対してそのような素振りを見せたことは、今まで一度もなかったはずだ。井田は青木との数少ないやり取りを思い返す。

最近のところでは、一週間ほど前。青木は井田のネクタイをめくり上げてシャツのボタンが取れていると指摘した。それはつまり、そんな些細な変化に気づくほど、井田を注意深く見ていたということか。

さらにその前……井田が教師に頼まれ集めたノートを落とした時、青木は「手伝うわ」とノートを半分持ってくれた。今思えば、あれは優しさアピールだったのだろうか。――そうだ、傘を忘れた日！

大雨が降ったある日の放課後、傘を持たない井田が昇降口で立ち往生していると、傘をかかげた青木が「途中まで入っていくか?」と声をかけてきた。

井田はありがたく中に入れてもらったわけだが、男二人が並べばどうしたって体は入り切らず肩が濡れる。すると青木はぐいっと井田の肩を引き寄せ、

「もっと寄れよ。風邪引くぞ?」

井田はばっと口を押さえた。めちゃくちゃアプローチされているじゃないか……!

実のところ、青木は恋愛的なアプローチを試みたのではなく、困っていたクラスメイトに手を貸しただけに過ぎない。しかし、〝イダくん♡〟砲により混乱した井田は、誤った確信を抱いてしまった。

——あいつは本当に、俺に惚れているんだ……。

井田は馬鹿ではない。勉強はできるし、物事はきちんと熟考するタイプだ。しかし彼の恋愛解像度は、昭和のテレビよりも低かった。

井田は深く息を吐き、心を落ち着かせる。なにも面と向かって好きだと言われたわけではないのだし、そもそも青木にとっても〝イダくん♡〟の存在を知られたのは、不本意のはず。ここは変に気負わず、そっと受け流すのが互いにとってベストな選択だろう。

雑念を振り払い、テストに取りかかる。最後の問題の答えを記入し終えたその時、授業

の終わりを告げるチャイムが鳴った。

「はい、鉛筆を置いて。テストを前に送ってください」

教師が号令をかけた。井田は極力後ろを見ないようにしながら回ってきたテストを受け取り、前に渡した。

テストを回収した教師が教室を出ていく。次の授業は生物室で行われる。立ち上がろうとしたその時、肩をがしりとつかまれた。

「井田」

深刻な声音にぎこちなく振り返ると、机に身を乗り出した青木の思いつめたような視線とかち合った。

「……なんだ？」

「話したいことがある。放課後、屋上に来てくれ」

頬を赤らめた青木は、それだけを言うと逃げるように教室から出ていった。

放課後の屋上で行われることといったら、二つに一つしかない。ヤンキーの決闘か、あるいは——。

井田はごくりと唾をのんだ。

迎えた放課後、教室に居残った青木は懊悩していた。

そう言った時の、井田のがく然とした顔……。あれは完全に、青木が自分を好きだと思い込んでいた。

『……お前……まじか……』

どうしよう。もしも井田が「俺、青木に惚れられちゃったよ（笑）」なんて周囲に言いふらしたとしたら……。どうしよう。もしも「青木が井田を好きだって（笑）」、「消しゴムに〝イダくん♡〟って書いてあったって」なんて噂が広まったら……。

そうなる前にどうにか井田の誤解を解かなければ。その一心で井田を屋上に呼び出しはしたものの、なんと説明すればいいのかわからない。

教室を見回すと、井田の姿はすでに消えていた。もう屋上に向かったのだろうか。自分も行かねばと思うが、気が重ければ腰も重い。

うぅ、行きたくねぇ。このままバックれてぇー……。

「青木くん」

顔を上げると、橋下さんが横に立っていた。

「あの、今日の消しゴム……」

おずおずと言われ、青木ははっとした。例の消しゴムはまだ自分が持っている。

「ごめん。まだ返してなかったね」

青木はケースに入った消しゴムを橋下さんに渡した。「本当に助かった。ありがとう」と両手を合わせると、橋下さんは「ううん」とつぶやき、消しゴムに目を落とした。

妙な沈黙が下りた。橋下さんはちらりと青木の顔をうかがうと、

「……もしかして、見た？」

青木がスマートな男であったのなら、「なんのこと？」とうまくとぼけられただろう。しかし悲しいかな、青木はスマートの対極にいる男であった。「えっ！」と声にも顔面にも動揺（どうよう）を表してしまう。

「……だよね！　私って馬鹿だなー。うっかり名前が書いてあるほうを渡しちゃった」

橋下さんは気まずげに笑い、髪を耳にかけた。

「……ごめん」

青木はうなだれた。ただのクラスメイトである自分には、知られたくなかっただろう秘密だ。消しゴムを忘れたばっかりに、好きな女の子に嫌な思いをさせてしまった。

「ううん、謝らないで。私が間違えたんだから」

橋下さんは胸の前で手を組んだ。その健気な素振りが青木の心にしみ入る。

こんな状況でもこっちを気遣ってくれているなんて……。俺、やっぱりこの子のことが
――。

「好きだ……」

思わずこぼれたつぶやきに、橋下さんは「え？」と首をかしげた。

「あっ！　あの……す、好きだって伝えないのかなと思って……」

とっさにそう取り繕うと、赤面した橋下さんは首を横に振った。

「ムリムリ、私なんてっ。告白したってどうにもならないよ」

「そんなことないって！　マジで！」

立ち上がり、全身全霊を込めて否定する。橋下さんはふふ、と笑った。

「青木くんは優しいね」

……違う。優しいのは君だ。もしも井田が君の魅力に気づかないというなら、そんな曇った眼球、俺が水道の石鹸でごしごし洗ってやる。

橋下さんは消しゴムをそっと胸に寄せる。

「今は見ているだけで幸せなの。初恋だから大事にしたくて」

「……そっか」

その気持ちは痛いほど理解できた。別に、なにがなんでも付き合いたいとか、自分だけを見てほしいとか、そんな大層な望みを抱いているわけじゃない。

楽しそうにしている姿を見られればそれだけでうれしいし、笑顔を向けられたら、それだけで天に昇る心地がする。恋をしているだけで、十分に幸せなのだ。

「……橋下さん。俺、このことは絶対に誰にも話さないから」

こぶしを固く握り、そう告げる。

「大富豪に一億円積まれても、悪の組織に水責めで脅されても、絶対に言わない！」

青木の力強い宣言に、橋下さんは目をぱちくりとさせた。

「だ、大富豪や悪の組織が知りたがることじゃないと思うけど……でも、ありがとう。実を言うとね、ちょっと不安だったんだ。こんなおまじないに頼るなんて子供っぽい、って笑われるかなって。自分でも幼稚な自覚はあったから」

照れたように言った橋下さんに、青木は「笑わないよ！」と強く答えた。

「俺だって、そういう気持ちはわかるもん」

「……もしかして、青木くんも好きな人がいるの？」

「ま、まぁ……」

目を泳がせると、橋下さんはぱっと表情を輝かせた。

「青木くん、いい人だから大丈夫だよ。私、応援する」

「あ……ありがとう。俺も応援してるぅー……」

他意のない優しさが胸に痛かった。好きな人に恋路を応援されるとは、なんという悲劇……。

「じゃあ、はい。二人だけの秘密ね」

青木の目の前に華奢(きやしや)な小指が立てられた。

二人だけの秘密――。秘密の内容はアレだが、その甘い響きは青木の心を震わせた。

「わかった。約束な！」

小指と小指を絡める。鼻息を荒くした青木がブンブンと手を振ると、橋下さんは「力、強いよー」と無邪気に笑った。

その笑顔に青木は誓う。――橋下さん。君の幸せは、なんとしても俺が守るから！

橋下さんと別れた青木は、屋上につながる階段を上った。扉を開けると、手すりをつかみ、夕暮れの空に浮かぶうろこ雲を眺める井田がいた。

　ゆっくりと息を吸い、同じようにゆっくりと吐く。心を決め、屋上に足を踏み出すと、井田がはっとした様子でこちらを振り返った。

「悪い。待ったか」

「いや、別に……」

　気まずげに顔を伏せた井田に、青木はつかつかと歩み寄った。一メートルほどの距離で向き合うと、井田の肩が緊張したように持ち上がる。

「井田、頼む！」

「ごめん。お前の気持ちには……」

　言いかけた井田を遮り、青木はがばりと頭を下げた。

「消しゴムのこと、誰にも言わないでくれ！」

「……え？」

　井田は驚いたような声を発した。

　誤解を解こうという気はすでに消えていた。橋下さんの想いは、橋下さんだけのものだ。井田に伝えるか伝えないかを決めるのは彼女自身で、どんな理由があろうとも、青木の口からもらすわけにはいかない。

　橋下さんが大切に胸に抱えた秘密を守るためなら、自分が井田を好きだと思われたままでかまわない。だが、それを周りに喧伝されるのは避けたかった。

青木が消しゴムに〝イダくん♡〟と書いていた。そんな噂が笑い話のように広まったとして、自分が馬鹿にされるのはまだ耐えられる。——でも、橋下さんが傷つくのだけは、絶対に嫌だ。

消しゴムが橋下さんのものだとばれなくても、誰かが井田の名が書かれた消しゴムの話をあざ笑えば、橋下さんはきっと、自分の気持ちがあざ笑われているように感じるだろう。ケースの下にひっそりと隠されていた想いが、白日のもとにさらされて踏みにじられる。そんなこと、我慢できるわけがない。

「どうか頼む！」

さらに深く頭を下げると、井田はたじろいだように頭をかいた。

「別に誰にも言わねーよ。そんなことして、俺になんの得がある？」

「……だって、格好のネタになるじゃん。俺がお前を……なんてさ」

もごもごと口ごもりながら言うと、井田は首をかしげた。

「なんで？　べつに面白がることじゃないだろ」

心底不思議そうな顔をした井田に、青木は拍子抜けした。

井田には青木に好かれたことを面白おかしく吹聴してやろうとか、振ったことを武勇伝として語ってやろうとか、そういう発想が端からないらしい。

……なんだ。いいやつじゃないか。きっと橋下さんは井田のこういうところに……。

「惚れたんだな……」

人の長所を見逃さない、素敵な女の子なのだ、橋下さんは……。

橋下さんの笑顔を思い浮かべた青木が顔を赤らめると、井田は慌てて身を引いた。

「青木、俺、なにもわかってなかったから……。今まで気を持たせるような態度を取っていたとしたら、本当にすまん……」

一層誤解を深めたような言動に青木も慌てる。

「お、おい。今のはそう意味じゃねーからな」

「じゃあどういう意味だよ」

言いたい。声を大にして言いたい。俺が惚れているのはお前ではなく橋下さんなのだと。

だが、それを言ってしまえば橋下さんへの裏切りになる。青木がぐっと唇を嚙みしめると、井田はなにをどう勘違いしたのか、

「そんな落ちこまないでくれ。お前が嫌いと言っているわけじゃないんだ」

見当外れななぐさめに、思わずカッと目をむく。お前に振られて落ちこんでるんじゃねえっ！

「もうなにも言うな！　頼むから黙ってくれ！」

　これ以上まぬけなやり取りを続けたら、自尊心がえぐりとられて消滅する。青木はゴホンと咳ばらいをすると、

「とにかく、消しゴムのことを忘れてくれればそれでいいから。じゃあな」

「待てよ」

　踵を返そうとした青木の手を井田がつかんだ。

「お前はそれでいいのか？」

　尋ねられ、口の中にカップケーキの甘さが蘇る。幸せの味が、今はもう胸に痛い。

　耐えられず、青木は井田の手を振り払った。

「いいんだよ。記憶から消してくれ。俺もそうする。そうすりゃ全部……全部なかったことだ……」

　去年のバレンタイン、橋下さんがくれた最後の一つのカップケーキ……。あれはきっと、井田のためのものだった。

　とんだ道化だ。他の男のために作られたものに喜んで、他の男に向けられるはずの笑顔に恋して……。

　俺の想いなんて、最初からなんの価値もなかった。密かに抱いていた恋心が、乾き切っ

た砂山のようにポロポロと崩れ去っていく。

「なかったことにしなくてもいいだろ」

「あぁ？」

振り返ると、井田は困ったように首筋をかいていた。

「べつに、お前の気持ちまでなかったことにする必要はないだろ。そんなふうに雑に扱っていいものじゃない」

ジン、と胸が震えた。――俺のバカ野郎。なに一つ理解していないやつの言葉に……恋敵の言葉に、なに心を打たれているんだ。

堪えようとした。けれど、できなかった。

「井田、俺は……」

決して報われることのない想いとともに、涙がこぼれる。橋下さん……。俺は君のことが――。

「バカみたいだけど、本気で好きだったんだ……」

笑い話のような恋の顚末。それでも確かに、自分にとってはかけがえのない物語だった。

「お前にはわかんねーだろうけど……」

ぐすりと鼻を鳴らしたその時、井田の大きな手が顔面に迫った。

「な、なんだよ?」

青木が首をすくめると、井田はぴたりと動きを止め、「……あ、いや、なんでもない」と口の中でもぞもぞつぶやいた。

よりにもよって井田の前で泣くなんて……。こみ上げる情けなさと悔しさに青木が強く目元をこすると、井田は途方に暮れた顔をした。

「……泣くなよ。振りにくいだろ」

「俺だって泣きたくねぇよ」

青木はごしごしと涙をぬぐった。

「もういいから、さっさときっぱり振ってくれよ。それでこの話は終わりだ」

「……あぁ」

井田はうつむいた。そして沈黙……。

整然と並んでいたうろこ雲が徐々に崩れ始める中、青木は井田がこの滑稽としかいえない状況を終わらせるのを待った。

やがて井田が口を開く。

「……友達から始めないか」

思いもよらない言葉に、青木は「え?」と目を見開いた。だが言った本人は、青木以上に驚いた顔をしていた。

初恋は実らない、なんていうけれど、それじゃあなんなら実るのか……。

彼方(かなた)から吹きつけた秋風が、二人の少年のネクタイを軽やかに、無軌道にはためかせた。

2

「あの……」

昼休み、背後から聞こえた可憐な声に、青木はバッと振り返った。

橋下美緒――青木が恋する天使がごとき少女がこちらに歩み寄ってくる。

青木はよれた襟を手早く直すと、最高の決め顔を作って橋下さんを待ち受けた。しかし、橋下さんは青木の横を素通りした。

「井田くん、放課後の委員会のことなんだけど……」

かすかに頰を上気させた橋下さんは、青木の前に座る男にそう声をかけた。

「あぁ、集合場所が変更になったって？」

落ち着いた調子で答えた男は井田浩介。青木の好きな人の、好きな人。つまりは青木の恋敵である。

「そうそう。私もさっき聞いて……」

井田と話す橋下さんの、柔らかな微笑み。青木の心をとらえて離さないその笑顔は、失恋で傷ついたばかりの身には毒でもあった。

両目をふさごうとした青木は、ふと自分を見つめる井田の視線に気づいた。

あぁん？　なんだよ。橋下さんと楽しそうにお喋りしやがって。

ヤンキー気分で見返すと、井田はなにやら気まずげな様子で橋下さんから身を引いた。

こいつ、まさか……自分が橋下さんと話していることに、俺がやきもちを妬いていると思っている!?

二重のショックに青木は頭を抱えた。

〝イダくん♡〟――。橋下さんから借り受けた消しゴムに書かれた緑色の文字は、青木の恋を千々に破り去った上、とんでもない誤解を招いていた。

井田は、〝イダくん♡〟と消しゴムに書いたのが青木であると……、つまりは青木が自分を好きだと思い込んでしまったのだ。

のみならず……。

『友達から始めないか』

井田はおそらくは生来のものであろう生真面目さを発揮し、そんなことを言い出した。友達から始めたとして、その先にはなにがある？　一体あいつは、どこへゴールするつもりだ？

まったく、誰のせいでこんなことになった？　心当たりのある者は手を上げろ。……はい、俺です。俺が消しゴムを落としたからです。――うわあぁっ！

後悔に圧され、青木はゴチンと額を机にぶつけた。と、その肩に手が置かれる。

「なにやってんだよ、青木。食堂行こーぜ」

「……あっくん」

苦悶に表情をゆがめた青木は、救いを求めて友を見上げた。誰かにこのカオスを聞いてほしい。

「な、なんだよ？」

当惑する相多を前に、青木はぐっと唇をかみしめた。――駄目だ。やっぱり言えない。だってこれは俺と橋下さん、二人だけの秘密なのだから。

「いや、なんでもない。悪いけど、今日は食堂パス」

青木は教室を後にした。購買でサンドイッチを買い、一人屋上に向かう。

幸い、屋上には誰もいなかった。コンクリートの床にどさりと腰を落ち着けると、ぐぅーと腹が鳴る。

「失恋しても腹は減る……か」

サンドイッチを口に運ぶ。その時、灰色の物体が耳の横をかすめ、手から忽然(こつぜん)とサンドイッチが消えた。

「ンハァ!?」

バッサバッサと聞こえる羽音に頭上を見ると、灰色のハトが、青木のサンドイッチをがっちりとつかんでいた。――ポッポー！

「……ハトまでが俺から奪うというのか？」

初恋を失い、心の平穏まで失ったこの身から、昼食まで奪っていくというのか。――この世に神はいないのかっ！

「ポォーポッポッ！」

青木をあざ笑うかのように鳴いたハトは、サンドイッチをつかんだまま去っていく。

「返せよ！」

青木は手すりに身を乗り出し、遠ざかるハトの背に手を伸ばした。その直後、背後からの凄(すさ)まじい力が、青木を手すりから引きはがし、床に倒した。

「馬鹿野郎！」

青木を床に押しつけた井田は、必死の表情で叫ぶ。

「失恋したからって早まるな!!」

青木は両手で顔を覆った。……いや、もう、しんどいって……。

「そんなんじゃねーよ」

井田を押しのけ、のそりと身を起こした青木は、サンドイッチが入っていた包みを示した。

「ハトに昼メシを取られたから、取り返そうとしただけ！　……驚かせて悪かったよ」

「そ、そうか……」

ばつの悪さにお互い黙り込む。

……ったく、なんだよ、この状況は。青木は「はぁー」とため息をもらして床に手をついた。

「お前、なにしに来たんだよ?」

「青木が気落ちしているみたいだったから……また泣いてるんじゃないかと気になって……」

「泣いてねぇわ！」

「昨日は泣いてただろ」

言い返され、ぐっと言葉に詰まる。確かに泣きはした。でもそれは、井田に思いが届かないのが悲しかったからでは決してない。

あぐらをかいた青木は、「あのさ」と両手を広げてみせた。

「俺はお前に振られても、全然平気なの。だからもう、ほっといてくれよ」

恋敵に心配されるなんて、あまりにむなしい。しかし井田はちらりと青木を見ると、

「ほっとけないんだよ、お前のこと」

と、ぽつりとつぶやいた。

「はぁ？」

青木は眉をひそめる。

「なに言ってんの、お前？」

「知らん。俺が聞きたい」

生真面目な顔で言われ、青木は困惑した。

なにそれ、どういう感情？　俺は雨に濡れる子猫じゃない。段ボール箱に入れられた子犬でもない。クラスメイトの男だ。ほうっておけるだろ、いくらだって。

「……なぁ、好きってどういう気持ちなんだ？」

唐突な問いに、青木は「へ？」と返した。

「どういうって言われても……。え、お前、今まで好きな人、いたことないの？」

「ない」

恥じるわけでも誇るわけでもなくきっぱりと言った井田は、さらに続ける。

「だから正直、好きとか嫌いとかっていう感情がいまいちピンと来ないんだよ」

「……マジかー」

大人びた雰囲気(ふんいき)のやつだが、恋愛ごとの経験値は低いのか。ほのかな親近感を抱いた青木は、井田のほうへ身を乗り出した。

「けどさー、タイプくらいあるだろ。髪は黒髪と茶髪、どっちがいい？」

井田は少しの間考え込むと、あまり自信はなさそうに「……黒、かな？」と答えた。

「やっぱ黒だよなぁ！」

橋下さんの黒髪を思い描いた青木は、共感をこめて井田の肩をたたいた。

「性格は？　元気系？　おっとり系？」

「お、穏やかなほうが……」

「俺も俺もー」

青木はにこやかに自分の顔を指差した。単純に、同年代と話す恋バナが楽しくなっていた。

相多には仲がいいぶん気恥ずかしさが先立って、あまりこういう話を振ることはない。

――あっくん、絶対にからかってくるしな。

「俺はさー、ふとした瞬間の笑顔とか、なにげない優しさとか、そういうことにまず心をつかまれたわけ。で、たまに話せた時はすげーうれしくて、ずっとそのことばっか考えるようになって……。月並みな言い方だけど、気づいたら好きになってたって感じかな」

ペラペラと話してから、青木ははっとした。

――まずい。井田にしてみたら、今の言葉は自分への盛大な告白も同然だ。状況を余計にややこしくしてしまう。

「ま、まぁ、お前も好きな人ができたらわかるよ」

慌てて話を切り上げると、井田は無言で青木を見つめた。

「……なんか言えや。恥ずかしいだろ」

「いや……」

井田はふっと表情を和らげると、

「お前のそういう真っすぐなところ、すげー良いと思う」

「……そ、それはドーモ」

真面目に褒められ照れくさい。ぎこちなく頭を下げた青木の両肩に、井田の手が置かれる。

「ちゃんと考えるから、待っててくれ」

「へっ？」

「お前のこと、ちゃんと知ってから返事がしたいんだ」

至近距離から注がれる真剣なまなざしに、青木はぱちぱちとまばたきを繰り返した。

予鈴が鳴り、井田が立ち上がる。

「じゃあ、先に教室戻るわ」

井田は屋上から出ていった。ぼう然とその背中を見送った青木は、はっと我に返った。

——考える……？　いや、なんで？


オーケー、俺。落ち着いて整理をしよう。

五限目、古文。教師がぶつぶつと読み上げる『源氏物語』を右から左へ聞き流し、青木はノートにペンを走らせた。

橋下さん、青木、そして井田、三人の名前を書く。

青木から橋下さんへ矢印が伸び、橋下さんから井田へ矢印が伸びる。ここまでは問題ない。問題は、井田からの矢印がどこへ向かうかだ。

『友達から始めないか』

『ちゃんと考えるから、待っててくれ』

井田からの矢印を自分へ伸ばしてみる。

……いや、こんなフラグはいらん。

井田から伸ばした矢印に力強くバツをつけた青木は、目の前にある広い背中に視線を注ぎ、はぁ、と肩を落とした。

井田はとんちんかんなところもあるが、いいやつであることは間違いない。俺なんかを気にかけて、切り捨てればいい気持ちに真正面から向き合って……。

橋下さんの見る目は確かだ。そう感心するとともに、井田に対して悪い気がした。考える必要なんてこれっぽっちもないことで、無駄に悩ませてしまっている。

青木は再びノートに視線を落とした。恋と誤解によって生みだされたいびつな三角形……。

これを正しい形に変化させる責任は、すべての元凶である自分にあるだろう。

「それじゃあ今のところの口語訳を……おっ、青木。珍しく寝てないな。訳してくれ」

自分が指されたことに気づかない青木は、真顔でノートを見続けた。

「どうした、難しいか？」

青木に近づいた教師は、彼が真剣なまなざしを向けているのが単なる落書きであることに気づき、額に青筋を立てた。

「——この、大馬鹿もん！」

おしゃべり、居眠り、カンニング。これまで幾人もの不届き者を成敗してきた古語辞典の角が、青木の頭頂部に炸裂した。


「いってぇー……」

放課後の昇降口。ホウキを動かす手を止めた青木は、ズキズキと痛む頭頂部に手をやった。そこにできた巨大なたんこぶは、かすかな熱を帯びている。

なんだって俺が怒られた上、居残り掃除までやらされる羽目に……。

当然、授業をこれっぽっちも聞かずに落書きをしていたからである。光源氏と桐壺の関係に悩むべきところなのに、己の恋模様に悩んでいたからである。

——つーか、なんだよ、あの光源氏とかいう野郎は。あんな女好きのチャラ男から学ぶことなんて一つもないね。

やぶれかぶれな気分でコンクリートを掃いていると、「お、ちゃんとやってるじゃん」と、帰り支度を済ませた相多が声をかけてきた。親友の登場に、青木は声を弾ませる。

「あっくん、いいところに。手伝ってよ」

「悪い。俺、今日は忙しいんだ」

「なんか予定があんの？」

「帰ってベッドに寝そべり、目をつむらないと」

「ただの昼寝じゃねーか！」

青木がホウキを構えると、相多は「お、やるか？　俺はちりとり無限流免許皆伝だぞ」と、置いてあったちりとりを盾のように持った。男子に掃除用具を持たせると、大体こうなる。

にらみ合う二人。その膠着を破る声があった。

「青木くん、お疲れさま」

「橋下さんっ……と、井田……」

二人は肩を並べてこちらに近づいてくる。そういえば、放課後に委員会の集まりがあると話していたっけ。

「あれ、一緒に帰んの？　へぇー、二人って仲良いんだぁ」

相多ににやりと含みのある笑みを向けられ、橋下さんは耳まで赤くなった。

「そ、そんなことないよ！　今日は風紀委員の集まりがあったから、たまたま帰りがかぶっただけ！　ねっ、井田くん」

慌てふためく橋下さんに対し、井田は「ん？　おぉ」といつも通り淡々としている。

「そんな否定する？　逆に怪しいなー」

このデリカシー無し男め。青木は他人の恋路にぐいぐいと踏み込む友の膝裏を、ホウキの柄で突いた。

「うぉっ！」

カクリと膝から折れた相多は、追い打ちをかける青木にちりとりで応戦した。ぎゃあぎゃあと騒ぐアホ二人の横を通り過ぎた井田は、青木が回収しておいたゴミ袋の口を縛り始める。

青木はピタリと動きを止めた。

「なにしてんだよ、井田」

「ゴミ、捨ててきてやるよ。重いだろ」

「いいって。自分でやる」

「でも……」

「いいから寄こせって！」

これ以上フラグを立ててたまるか。井田からゴミ袋を奪おうとした拍子に、二人の手と手が触れ合った。

重なる指先の熱を通して、なにかが始まー――ってたまるかーっ!!

「ほっとけって言ってんだろぉー！」

ゴミ袋を強奪し、ダッシュでその場から逃げ去る。そのまま校舎裏に向かい、回収ボックスにゴミ袋を突っ込むと、一気に疲れが襲ってきた。

なんだよ、あいつ。俺相手に好感度上げてどうするんだよ……。

ずるりと軒下(のきした)に座り込む。その時、「青木くん」と橋下さんが駆け寄ってきた。

「あれっ、どうしたの？」

「青木くんと話したくて……」

息を切らしながらの答えに、青木は「えっ」と目を丸くした。うれしい。でも……。

「せっかくのチャンスだったのに……いいの？」

完全に井田と二人で帰宅する流れになっていたはずだ。距離を縮める絶好の機会だったのに……。

「もう無理。緊張しすぎて心臓がもたないよー」

橋下さんは青木の隣に座ると、赤くなった顔をパタパタとあおいだ。確かに相多に突っ込まれたときの橋下さんは、いっぱいいっぱいという感じだった。

「顔、真っ赤だったもんね」

あえて茶化して言うと、橋下さんは「やっぱり！」と頰を押さえた。

「私、変だったよね？　近くにいるとどうしても意識しちゃって……。バレバレだったかな？」

「大丈夫、大丈夫。あいつ鈍そうだし、気づかないよ」

気安く請け合うと、橋下さんはふっと頰をゆるめた。

「青木くんと話すと落ち着くなぁ。なんでこういうふうに自然に話せないんだろ……」

つきりと刺すような胸の痛みをこらえ、青木は膝を抱えた。――それはきっと、俺なんか眼中にないからだ……。

「……俺でよければ、いつでも話聞くんで」

伝えられるのは、ただそれだけ。俺にしとけばなんて、言えるわけがない。

「ありがとう。すっごく心強いよ」

無垢な笑顔を向けられ、今まで幾度となく感じた思いがこみ上げる。

橋下さんは可愛い。

この可愛さに気づかないなんて、井田はもったいない。

「青木くんも好きな人のことで悩んだ時は、遠慮せずに言ってね。一緒に頑張ろう」

小さくガッツポーズを作った橋下さんに、青木は「うん」とうなずいた。

本当はとっくにわかっている。自分が引き起こしたこのカオスを収める方法は、ただ一つだけだと――。

「頑張ろうな」

青木は決意を込め、握ったこぶしを掲げた。

「ほっとけって言ってんだろぉー！」
ゴミ袋を抱えた青木が猛スピードで走り去る。「なんだ、あいつ？」と首をかしげた相多の横で、井田は小さくなっていく青木の背中を見続けた。
「あ、あの、私、青木くんに用があるから……。また明日ね」
そう言った橋下さんは、たっと駆けだし青木を追った。「バイバーイ」と手を振る相多に、井田は「なぁ」と呼びかける。

「相多は青木と仲がいいよな。……俺、青木のことが知りたくて……」

「青木のこと？　なんでまた？」

怪訝な顔をされ、井田は昨日の屋上でのことを思い返した。

ごしごしと小さな子供のように涙をぬぐう青木の姿を見ていると、どうしてだか胸の奥が妙にざわめき、憐憫めいた感情がわいた。

とはいえ気を持たせるような言動を取るのは余計に酷というもの。青木に言われた通り、きっぱりと振るつもりだった。

――ごめん。お前の気持ちには応えられない。

そう言おうとした。そう言えば、胸の落ち着かない感覚も消えるだろうと思った。それなのに、口をついて出た言葉はまるで違っていた。

『友達から始めないか』

どうしてあんなことを口走ったのか、自分でもよくわからない。ただ今思うのは、青木の真剣さに対し、いい加減に答えを返してはいけないということだ。

『俺はさー、ふとした瞬間の笑顔とか、なにげない優しさとか、そういうことにまず心をつかまれたわけ。で、たまに話せた時はすげーうれしくて、ずっとそのことばっか考えるようになって……。月並みな言い方だけど、気づいたら好きになってたって感じかな』

今までことさら青木に気を遣ったことはなく、あくまでクラスメイトとして接してきたつもりだ。それなのに青木は、井田のなんてことはない言動をそんなふうに価値のあるものとして受け取ってくれていた。

気恥ずかしさを感じると同時に、申し訳ないような気もした。ひたむきな想いを寄せてくれた青木のことを、こちらはほとんどなにも知らない。その状態で答えを出すのは、あまりに不義理だと思う。

「別に青木はそんな謎めいたやつじゃなくて、見たまんまのアホだぞ。あとはまぁ、甘いものが好きとか、絵がド下手(へた)とか……」

「……好きなやつとかは？」

「あー、俺らそういう話はあんましねぇんだわ。なんかこっぱずかしくてさ」

相多はそう答えつつ、青木が残したホウキとちりとりをロッカーに片づけた。

この反応からすると、相多は青木が井田を好きだとは知らないのだろう。青木は親しい友達にも自分の気持ちを打ち明けていないらしい。

「黒髪で穏やかな子がタイプだと聞いたんだが……」

「それは確かにそうかも。あいつが可愛いっていうアイドルとか女優は、みんなそんな感じだぜ？」

「そ、そうか……」

井田は己の黒髪に触れた。どうやら自分は青木の好みにドンピシャのようだ。気性だってどちらかといえば穏やかなほうだし……。

「もしかして井田、青木の弱みでも握ろうとしてる？　お前ら、喧嘩でもしたの？」

「喧嘩じゃねーよ。ただ……」

ただ、青木のことが知りたかった。たんなるクラスメイトでしかなかった存在が、昨日を境に別のなにかに変わった。

「……ただ、少し気になっただけだ」

そう誤魔化すと、相多は「ふぅん」とつぶやいた。納得していないようだが、掘り下げる必要も別段感じなかったらしい。

「じゃ、俺はもう帰るわ。じゃーな」

手を振り去っていく相多に、井田は「おう、また明日」と手を振り返した。

相多の姿が昇降口から消え、そっと息をつく。

結局、青木のことはよくわからないままだ。やはり他人に聞くより、自分の目で見極めるべきなのだろう。

青木という男のことを――。

3

◇◇◇

翌日、ロングホームルーム。

「——というわけで、我ら七組の演目は『シンデレラ』に決定でーす！」

仕切り役の委員長の言葉を受け、教室に拍手が巻き起こった。

十月の頭に行われる文化祭では、クラス単位で出し物を競うコンペが開かれる。上位はきちんと表彰される上、賞品ももらえるので、みんなやる気に満ち満ちていた。

『シンデレラ』……健気(けなげ)なヒロインと王子が結ばれるハッピーエンドの物語。青木(あおき)は視線を橋下(はしもと)さんの横顔から、井田(いだ)の背中へと移した。

橋下さんにとって、ハッピーエンドの相手はこいつだけ。だったら俺は、それを応援するしかない。

二人が相思相愛になれば、不条理な三角関係に終止符が打たれ、井田も頭を悩ませなくてすむ。問題のすべてがきれいさっぱり解決するのだ。

橋下さんに想われる井田がうらやましくはある。けれど、だからといって橋下さんの心を奪い取ろうという気にはなれなかった。

『初恋だから大事にしたくて』

橋下さんが大切にするものは、青木にとっても大切だ。身勝手な欲で壊したくない。つーかそもそも、俺なんかに奪えるはずもないしな……。

青木は頭をかいた。へらへらと頼りのない自分より、井田のほうがずっと人間ができている。もしもどちらかを恋人に選べと言われたら、自分自身でさえ井田を選ぶだろう。

劇の配役は立候補によりスムーズに決まった。次いで大道具係の募集が始まる。

「やりたい人、手ぇ上げてー」

真っ先に手を上げた数名の中には相多もいた。おそらく一番楽だと踏んだのだろう。

「あの、私も」

橋下さんが手を上げた。――これだ！

青木は井田の背中をペンでつついた。この好機、逃すわけにはいかない。

「おい井田。お前、大道具やれ」

振り返った井田は「なんで？」と不思議そうにした。青木はカッと目を見開く。

「自分で考えろ！　わかれ！」

青木の暴論に素直に従い、しばしの間考え込んだ井田は、「あれか」と得心したようにつぶやいた。

「一緒にやりたいってことか」

――ちげーよっ！　んなわけあるか！　焦れた青木は、「もういいっ」と井田の手を取って高く掲げた。

「ハイ!!　大道具やります！」

「おっけー。井田ね」

委員長によって黒板に書かれた井田の名を見て、青木はうんうんとうなずいた。――そうだ。これでいい。

放課後、暮れなずむ空、居残る二人、芽生える恋――。

これぞ文化祭マジック。魔法にかけられるのは、なにもシンデレラだけに限らない。

右隣を見やると、橋下さんはにこにこと嬉しそうだ。我ながらいい仕事をしたと思う。好きな人には、幸せになってほしいものだ。

「あと青木ね」

井田の手を掲げたままの青木の名を黒板に書き足した委員長は、「それじゃあ大道具係はこのメンバーにお願いしまーす」と宣言した。

「いや、ちが……」

慌てて手を下ろした青木の声は、決定を祝う拍手の音にかき消された。委員長は笑顔で教室を見回す。

「じゃあ次は衣装係。やりたい人ー?」

青木を置き去りにして、ホームルームはどんどん進んでいく。青木は頭を抱えた。

——どうしてこうなった!

文化祭まで二週間を切り、準備が本格的に始まった。

こうなったら同じ大道具係という立場を活かし、橋下さんと井田の仲が深まるよう徹底的にサポートしてやる。

そんな決意を胸に抱いた青木は、井田とともに放課後の廊下を進んだ。二人は大道具係のリーダーから、美術準備室に行って模造紙を取ってくるよう頼まれていた。

美術室にいた教諭に断りを入れ準備室に入る。目的の模造紙は、棚の一番上の段にロールになった状態で横倒しに置かれていた。

「これを持って行けばいいんだよな」

青木は棚の前で背伸びをした。太い筒状の模造紙は予想よりもずっと重い。筒の端をつかんで引くと、もう一方の端が隣にあった段ボール箱を薙ぎ払った。

「あっ」

落ちてくる！

とっさに頭を下げた直後、バンッと衝撃音が響いた。恐る恐る目を開けた青木は、井田が自分に覆いかぶさっていることを知る。

「井田、大丈夫か!?」

「あぁ。軽かったから平気だ」

身を挺して青木をかばったらしい井田は、ぐるぐると腕を回した。床に落ちた段ボール箱を見ると、中にはなにも入っていない。

「よかった……」

ほっと息をつきかけた青木は、「いや、よかったじゃねーわ」と慌てて頭を下げた。

「ごめん。不注意だった」

井田はバレー部。怪我をさせていたら、本人にとっても部にとっても一大事だった。

「気にするな。青木に怪我がなくてよかった」

頭にポンと大きな手のひらが置かれた。ちらりと視線を上げると、井田はかすかに笑っている。

心臓が、とくんと音を立てた。こいつ、体を張って俺のことを守ってくれたんだ……。

「早く教室に戻ろう」

井田は青木が取りそこねた模造紙を持ち上げた。青木ははっと我に返る。——だから、俺がときめいてどうするんだよ！

「俺も持つ！」

井田とともに模造紙の前後を抱え、準備室から出る。——井田のやつめ。かっこいいことをするなら、俺じゃなくて橋下さんの前でやってくれ。

七組の教室に戻ると、大道具係のみんなが作業スペースを作って待っていた。青木は美術部に所属する大道具係のリーダーに模造紙を渡した。

「お二人さん、ありがとな。よし、さっそく始めよう」

リーダーはそれぞれに仕事を割り振った。青木が担当することになったのは、シンデレラがガラスの靴を落とすシーンで使われる背景パネルの製作だ。

青木は腕まくりをした。鉛筆を手に取り、床に広げた模造紙に下絵を描いていく。

　まずはかぼちゃの馬車、それから馬。リーダーが描いてくれたラフを頼りに描いてみるが、どうにもうまくいかない。

　頭を悩ませながら何度も描いては消してを繰り返していると、手が空いたらしい井田が声をかけてきた。

「手伝うわ」

「いらん！　自分のケジメは自分でつける！」

　きっぱり告げると、井田は青木が描いた絵をのぞきこみ、首をかたむけた。

「なぁ、青木。シンデレラに宇宙人は出てこないぞ」

「宇宙人じゃねぇ！　馬だよ、馬！」

　ムキになって言い返すと、井田は申し訳なさそうに頭をかいて、

「てっきり宇宙船から降り立ったＵＭＡ（未確認動物）を描いているのかと……」

「かぼちゃの馬車と馬だよ！　難しいんだよ、馬」

「少し首を長くしてみろよ」

　首ぃ？　と、半信半疑で馬の首を伸ばしてみる。すると、確かに少し馬に近づいた。

「で、たてがみを足す」

　言われた通り、馬の背にたてがみを描き足す。するとそこに現れたのはまさに馬。まご

うことなき馬であった。

「スゲー、馬になった！」

無邪気にはしゃぐ青木の姿に、井田はふっと笑みをもらした。

「おもしろいな、お前」

青木には姉がいる。ゆえに少女漫画の嗜み(たしな)を持ち合わせる彼は、知っていた。

オラオラ系のヒーローは、ヒロインに興味を持ち始めた時、口にするのだ。「おもしれー女」と——。

これはいかん。井田はオラオラ系ではなく、青木はヒロインではないが、この展開は非常にまずい。

「手助けはいらねーって！」

ただでさえ井田と自分の関係は妙なことになっているのだ。これ以上、距離を縮めるわけにはいかない。

青木は井田から顔を背ける。その時、折よくリーダーが井田に手助けを求め、井田は去っていった。

日が落ち、外がすっかりオレンジ色に染まったころ、リーダーからそろそろ作業を切り上げるよう指示が入った。

「片づけをして、出来上がったものは空き教室に運んでくれ」

他の大道具係が片づけを始める中、青木は筆を動かす手を速めた。あとは馬の体を塗るだけだ。

「手、貸すか？」

懲りずに聞いてきた井田に、「だからいいって」と返した青木は、パネルを運ぼうとする橋下さんの姿を示した。

「俺のことより橋下さんを手伝ってこいよ。大変そうだろ」

「えっ、私は大丈夫だよ」

橋下さんは遠慮したが、井田は「一人じゃあ大変だろ」と一緒にパネルを持った。

「あ……ありがとう」

うれしげに微笑んだ橋下さんは、井田とともに教室から出ていく。二人肩を並べるその姿に、青木はほっと胸をなでおろした。

片づけを終えた大道具係たちが「お先にー」と教室を出ていく。馬を塗り終えた青木は、完成した絵を見下ろし、ふぅ、と額に浮かんだ汗をぬぐった。どうなることかと思ったが、井田のアドバイスのおかげでそれらしい体裁にはなっている。

あとはこのパネルを空き教室に運び、片づけを済ませれば帰れる。立ち上がろうとした青木は、他の大道具係が描いた客引き用の看板が置き忘れられていることに気づいた。

「しゃーねー。俺が両方持ってくか」

青木は看板を引き寄せた。橋下さんが教室に戻ってきたのは、その直後である。

「どう？　終わった？」

青木は「あれ」と首をひねった。階が違う空き教室に行ったにしては、戻ってくるのが早い。

「早かったね。井田は？」

「それが、途中で相多くんに会って……。相多くん、そんな重いもの女子が運ばなくていいって、私の代わりに井田くんと荷物を持って行ってくれたの」

橋下さんは残念さを見せることはせず、「相多くんって親切だよね」と穏やかに笑った。

青木は肩を落とした。――あっくん、邪魔してくれたな。せっかく橋下さんと井田が距離を縮めるチャンスだったのに……。

「ごめんな。俺がもっとうまく後押しできれば……」

「そんなことないよ。青木くんのおかげで、話すきっかけもらえたし……。私も青木くんみたいに仲良くなれるよう頑張るね」

　別に自分と井田は仲が良いわけではないと思いつつも、笑顔の橋下さん相手に否定する気にはなれず、青木は「うん……頑張ってね……」と小さく返した。

「ところで青木くんは、最近、好きな人とどうなの？」

　突然の問いに、心臓が大きく跳ね上がる。

「俺⁉　俺は別に……」

「告白とかしないの？」

　わくわくとした様子で身を寄せる橋下さんに、青木は「しないしない！」と首を横に振った。できるわけがないっ。

「そういえば、青木くんの好きな人って誰？　ごめんね。この間、ゆっくり聞けなかったから……」

「お、俺のことはいいからっ……」

　動揺し、身を引いた青木の手が、今まで使っていたバケツにぶつかった。——パシャンッ！

　慌ててバケツを戻すも、時すでに遅し——。こぼれた水が瞬く間に看板にしみ込んでいく。

――やってしまった……！

「どうしよう……」

滲んだシンデレラの姿を見下ろし、橋下さんが口を押さえた。青木は「だ、大丈夫。拭けばなんとかなるって」と、タオルでごしごしと看板をぬぐった。

「ほら、これで……」

手を止めた青木は、眼下に広がる惨状に表情を消した。

被害は摩擦によって余計に広がっていた。水色のドレスをまとっていたはずのシンデレラの姿は、様々な色が交じり合った結果、どす黒く濁った。もはやプリンセスではなく墓から蘇ったゾンビにしか見えない。

終わった……。

うなだれたその時、井田と相多が教室に入ってきた。青木は体をびくりと揺らす。

「おー、二人とも、まだ残ってんの？」

そう言いながら近づいてきた相多は、看板の惨状に気づくと「え……」と声をもらした。

「なにそれ……どうした……？」

「ごめん。やっちまった」

バケツの水をこぼしたと伝えると、相多は「お前はほんとにドジだなぁ」とあきれ返った。

「あの、私が青木くんを追い詰めたからで……」

「いやいや、橋下さんのせいじゃないよっ。あっくんの言う通り、俺がドジだったから……」

シンデレラゾンビを前に、気持ちがどんどん沈んでいく。他の大道具係になんと言って謝ればいいのか……。

「まぁ、四人いれば直せるだろ」

井田は青木の向かいに座ると、当然のように筆を手に取った。

「でも……お前、バレー部の練習があるんじゃねーの？」

「今日ぐらいはサボってもいいだろ」

「……ごめん。俺、わざとやったわけじゃないけど……」

余計な手間を取らせてしまった。申し訳なさにうつむくと、井田は青木の頭をくしゃりとなでた。

「知ってる。お前、頑張ってたし。あんま気にすんな」

ぐっと胸が詰まり、なにも言えなかった。あれだけ助けを拒否した自分を不快に思うどころか、なんのわだかまりも持たずに手を貸してくれるなんて……。

「橋下さん、俺らは反対サイドからやっていこうよ」

相多に言われ、橋下さんは「う、うん」とうなずいた。四人で絵を囲み、どうにか修正を入れていく。

筆を動かす青木は、井田の顔を盗み見た。

文化祭の準備が始まり、井田と過ごす時間は格段に増えた。知れば知るほど、井田はいいやつだと思う。

例えば物を運ぶとなったら、井田は迷わず一番重そうなものを持つ。しかもその行為を親切としてひけらかすことはしない。

面倒な頼まれごとをされても、嫌な顔一つせず引き受ける。誰かがミスしても絶対に責めないし、当然のようにフォローを入れる。

愛想がいいわけじゃない。けれど自然と他人を思いやれる男なのだ、井田は……。

タッパもあるし、顔だって悪くないよな。ってか、むしろイケメン？　……まぁ、なにを考えているんだかよくわからないところはあるけど、真面目(まじめ)だし、勉強はできるし、絵もうまいし……。

そこで青木ははたと筆を止めた。――俺、井田のこと見すぎじゃね……？

思えば消しゴムのことがあって以来、橋下さんより井田のことばかり考えている気がする。これではまるで……。

カァッと頬に熱が上った。

——そんなわけない、絶対に！

ブンブンと首を振った青木は、どぶ色になってしまったシンデレラのドレスを塗り直すことで邪念を払った。


看板の修正が終わったのは、辺りがすっかり暗くなったころだった。

「みんな、本当にありがとう」

片づけを終え、青木が周囲に両手を合わせると、井田は「いいよ、楽しかったし」と気安く言った。その優しさに、橋下さんは「さすが井田くん」と目を輝かせる。

「まぁ、これも一つの思い出だよな。じゃ、もう帰ろうぜ」

相多の言葉に青木ははっとした。これは井田に橋下さんを送らせるチャンスじゃないか。

「橋下さん、帰りどっち方向？」

「多田野のほう」

橋下さんが答えると、すかさず相多が声を上げる。

「おー、一緒。俺、送るわ」

違う！　それはあっくんの役目じゃない！　青木は慌てて井田を振り返る。

「井田、お前は帰りどっちだ？」

「駅方面」

「なんで俺と一緒なんだよ！」

「じゃあ、俺ら帰るわ。バイバーイ」

ひらひらと手を振る相多に続いて、橋下さんも「また明日ね」と教室から出ていった。

青木は無念さにわなわなと肩を震わせる。あっくんめ、また邪魔してくれやがって……。

「バイバイ……」

教室を出ると、すでに橋下さんたちの姿はなくなっていた。井田と並び、昇降口へ向かう。

青木はため息をついた。橋下さんと井田が仲良くなれるよう手助けしたいのに、ちっともうまくいかない。

「まだ落ち込んでんの？」

井田は青木が看板に水をこぼしたことを引きずっている、と思ったようだ。「落ちこんでねーし」と答えると、「それならよかった」と穏やかにつぶやく。

青木は頭をかいた。自分は井田に対して意固地になり過ぎていたかもしれない。

「……あのさ……今日は助かったわ」

謝罪の気持ちも込めつつそう言うと、井田は微笑んだ。

「おう。青木もお疲れさま」

また頬が熱くなってきた。――だから、俺がキュンとしてどうする！　必死に頬をこする青木の手を井田がつかんだ。

「へっ⁉」

手を握ったままひたと見つめられる。

青木は井田から目を逸らすことも、言葉を発することもできない。まるで魔法にかかったように体が動かなかった。

「手に絵の具がついてる。触ると顔につくぞ」

井田は青木の手を離し、下駄箱の扉を開けた。

「え、絵の具……」

青木は水色の絵の具がべったりとついた己の手を見下ろした。……あ、危ない。雰囲気に流されるところだった。

青木は気を引き締め、井田を見直す。

「……あのさ、この間の屋上でのことだけどさ……」

「この間？　……あぁ、俺を好きだと言って泣いた時のことか」

「ちげーよっ！　その後！　好きなタイプの話をしたろ！」

井田は記憶をたどるように斜め上を見ると、「あぁ、そういえばしたな」とつぶやいた。

「お前、黒髪で、穏やかで、ありのままの自然な感じの子がいいって言ってただろ。そういう子、うちのクラスに一人いるよな？」

そう水を向けると、靴を履こうとしていた井田はきょとんとした。

「いるか？」

「橋下さんだよ！」

「あぁ、橋下さん。言われてみれば、確かにそういうタイプかもしれないな」

あっさりと言った井田は、青木をじっと見つめた。

「……つか、似てるよな。お前と橋下さん。抜けてるっつーか、天然つーか……」

聞き捨てならない言葉に、青木は「はぁ？」と眉を上げる。

「なんだよ、それ。俺はともかく、橋下さんに失礼だろ。馬鹿にすんなよ」

「馬鹿にしてねぇよ。一生懸命でいいなって、一緒にやって実感したっつーか……」

青木はぱっと表情を明るくした。——なんだ。井田もちゃんと橋下さんの良さに気づいているじゃん。

「だろ！　気づくのおせーよ。だから俺はさ、橋下さんにアタックしてみたらどうだって言いたいわけ。橋下さん、お前のタイプにぴったりだし、めっちゃいい子じゃん。あぁいう子が彼女になってくれたら、絶対……」

ふと並んで下校する橋下さんと井田の姿が思い浮かんだ。手をつなぎ、仲睦（なかむつ）まじく歩く二人の姿が……。

「絶対に幸せじゃん……」

そう言った声は尻すぼみになっていた。覚悟は決めたはずなのに、胸がずきずきと痛む。

井田はなにも言わず、ただじっと青木を見下ろした。

その沈黙に耐え切れず、青木は「早く帰ろうぜ」と靴を履いて井田の先を行く。

井田と橋下さんはお似合いだ。真面目で優しい二人が付き合えば、間違いなくうまくいくだろう。

その確信が、今は無性につらかった。

4

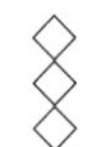

パネルや立体物の製作、調整。本番での動線の確認、リハーサル……。時間は慌ただしく過ぎ去り、そして迎えた文化祭当日の朝――。

「……みんな、一大事だ」

教壇(きょうだん)に立った委員長は張り詰めた雰囲気をまとっていた。劇に向けてそれぞれの仕事の最終確認をしていた七組の面々は、何事かと手を止める。

委員長はすうっと息を吸い込んだ。バン、と教卓をたたく音が響き渡る。

「主役の二人が、風邪(かぜ)でお休みでぇすっ！」

「えぇっ!?」

どよめきが起こった。委員長の説明によると、並々ならぬ熱量で主演に立候補した二人は、夜遅くまで冷え込む河原で練習に励み、そろって風邪を引いたらしい。

「えらい」

「えらいけど馬鹿……」

クラスメイトたちは頭を抱えた。委員長はやけくそな様子で教室を見渡す。

「つーわけで王子とシンデレラの代役を決めます！　はい、立候補どうぞ！」

「そんなこと言ったって……」

ちらちらとお互いの顔をうかがう。みな劇中も仕事があるものばかりだし、そもそも本番直前のこのタイミングで主演の代役なんて荷が重すぎる。あえてやりたいと思うものは一人もいなかった。

「本番中に手が空くのは、大道具のやつらぐらいじゃね？」

クラスメイトの一人が言った。確かに大道具係の劇中の仕事は、パネルやセットを動かすぐらいなので、融通は利きやすい。

委員長は大道具係の男子メンバーを見回した。

相多……却下。王子というには軽薄すぎる。青木……却下。こいつはたぶんセリフを覚えられない。井田……井田……？　――井田ぁっ！

「頼む、井田！　王子役やってくれ！」

教壇を下りた委員長は王子の衣装を井田に差し出した。井田は「えっ、俺？」と困惑した様子で頭に手をやる。

「俺は王子って柄（がら）じゃないだろ」

「そんなことないって！　お前だけが頼りなんだ。助けてくれ！」

委員長のみならず、クラスのほぼ全員から懇願（こんがん）の視線を向けられ、井田は小さく息をついた。

「……わかった。自信はねぇーけど」

井田が衣装を受け取ると、教室に歓声が上がった。井田ならどうにかしてくれるという信頼感があった。

「それじゃあシンデレラ役は、佐藤（さとう）さん！」

委員長の言葉に、佐藤さんは首を横に振った。

「私はムリ。この鍛え抜いた上腕二頭筋が、ドレスを破いちゃう」

レスリング部の佐藤さんは盛り上がった力こぶを誇らしげに見せつけた。継母（ままはは）を一撃で仕留められそうな仕上がり具合である。

「じゃあ橋下（はしもと）さん！」

委員長は残り一人の女子である橋下さんに詰め寄った。

――そうだ、橋下さんだ！

青木はひそかにこぶしを握った。いいぞ、委員長。ナイスパスだ。

結局、準備期間中に橋下さんと井田の距離を縮めるという目的は果たせていない。大道具係の仕事は忙しすぎたし、せっかく井田と関わるチャンスがあっても、奥ゆかしい橋下さんはそれに飛びつくことをしなかった。

王子が井田で、シンデレラが橋下さん……。いいじゃないか。劇中での疑似（ぎじ）恋愛が本物に変わる可能性はおおいにありえる。橋下さんも、相手が井田ならやる気が出るだろう。

しかしドレスを差し出された橋下さんの顔からは、みるみるうちに血の気が引いていく。

「あの、でも私、人前だとすごく緊張して……しゅ、主役なんて無理だよ……」

消え入りそうな声音（こわね）に、青木は「あ、これ、ガチで無理なやつだ」と悟った。しかし追い詰められた委員長は、橋下さんの言葉が謙遜（けんそん）でないことに気づかない。

「大丈夫、大丈夫。橋下さんならシンデレラにぴったりだよ！」

委員長は橋下さんにドレスを当てた。淡い水色のドレスは確かに橋下さんに似合っていて、クラスメイトたちから「おぉ、いいじゃん」と賛同の声が上がる。

「美緒（みお）、すっごく似合ってるよ」

「シンデレラ役、よろしくな」

「あ、あの、私、本当にこういうのは向いていなくて……」

周囲からの悪意なきプレッシャーに、橋下さんは完全に涙目になった。青木はとっさに声を張る。

「――ちょっと待ったぁっ！」

委員長からドレスをひったくり、教卓の前に躍り出る。クラスメイトの視線を一身に浴びる青木は、堂々と己の体にドレスを合わせてみせた。

「このドレスは俺が着る！　俺こそがシンデレラだぁーっ！」

唐突な宣言に、教室がシンと静まり返った。

……え、青木？　お前がそのドレスを着るの？　っていうかセリフ覚えられる？

平素の青木のアホぶりを知るクラスメイトたちは、ドレスを抱く青木に困惑のまなざしを向けた。――まぁ、でも……。

「それでは、シンデレラ役は青木に決定でぇすっ！」

委員長の叫びに、拍手が巻き起こった。やる気があるならそれが一番、新たなシンデレラ像を打ち出すのも一興だろうと、クラスメイトたちは大いに盛り上がる。

「いいぞ、青木！　カンペは任せろ！」

「目指せ、東ケ岡アカデミー賞！」

やんやと囃し立てられ、青木は「おう、やってやるぜ！」とドレスを掲げた。

勇ましく振る舞ってはいるものの、ほとんど捨て鉢な気持ちである。自分がシンデレラだなんて、出オチにしかならないに決まってる。けど……。

青木は橋下さんを見た。両手を合わせた橋下さんは、「ありがとう」と何度も青木に頭を下げた。

安堵が滲んだその様子に青木はほっと息をつく。

せっかくの文化祭だ。橋下さんには、楽しい思い出にしてほしかった。

鏡に映った自分の姿に、青木は「うへぇ……」と顔をしかめた。金髪ロングヘアのかつらに、地味なエプロンドレス。恐ろしいほど似合わない。

「これじゃあ完全にコントに出る芸人じゃねーか」

笑いを取れるのならば、それはそれでいい。恐ろしいのは、スベって大やけどをすることだ。

自分が登場した瞬間、シーンと静まり返る客席の光景が浮かび、青木はぶるりと体を震わせた。

「青木、着替えられた？」

扉の向こうから演出係の声がした。他の出演者はすでに着替えを終え、体育館に向かったそうだ。青木は教室を出て体育館を目指した。スカートを穿いた足がスースーして、なんとも心許ない。

体育館に入ると、客席は多くの人で埋まっていた。生徒だけでなく外部からの観客もいる。

——この人数の前で演じるのかよ……。

怖気づきはしたものの、今さら逃げることもできない。深呼吸しながら舞台袖に上がる。

「青木、こっちだ」

袖幕を見やると、王子の衣装をまとった井田が青木を手招いていた。その立ち姿に青木は目を見張る。

似合う。カッコいい……。

井田は、青木を含めたその辺の男子が着たらギャグにしかならない白い衣装を、キリリと着こなしていた。一国を担うにふさわしい、本物の王子様だ。

「青木。お前、意外とゴツイんだな」

まじまじと眺められ、青木は「見んな」と体を隠した。ビシッと決まった井田の前だと、自分の滑稽さが際立つような気がした。

「言っとくけど、お前の相手役がしたくて立候補したわけじゃねーからな」

そう念を押すと、井田は「わかってるよ」と含みのない笑みを浮かべた。

「橋下さんをかばったんだろ。かっけーじゃん」

青木は赤面してうつむいた。「かっけー」やつからの「かっけー」は攻撃力が高い。

「お、お前にしたら相手役は、俺なんかより橋下さんのほうがよかったんだろうけどな。まぁ、お近づきになれる機会は、俺がなんとか作ってやるよ」

恥ずかしまぎれにそう言うと、井田は不思議そうにした。

「……この間も思ったけど、お前、なんでそんなに橋下さんのことをすすめてくるんだ？　俺のこと、好きなんじゃねーの？」

「それは……」

口ごもった青木は、エプロンの紐をいじった。

「だって……お似合いじゃん。お前と橋下さん」

ドレスをまとい、シンデレラになった橋下さんの姿を想像する。可憐で健気なお姫様。井田王子の隣に並べば、似合いのカップルだ。

「それに俺なんか無理だって端からわかってるし……。好きなやつの幸せぐらい、願ってもいいだろ」

橋下さんからの矢印が井田へ伸び、井田からの矢印が橋下さんへ伸びる。それが過不足ない完璧な形だ。青木という存在は、どこにも必要ない。

「俺なんかじゃない」

両肩をつかまれ、青木ははっとまばたいた。目の前に井田の大真面目な顔が迫る。

「告白されてから、俺はずっとお前のことを見てきたよ。お前は他人のために一生懸命になれる優しいやつだ。俺なんかじゃない。絶対に」

不覚にも泣きそうになった。

井田が真っすぐなまなざしで真っすぐに伝えてくる言葉は、いつだって青木の心を震わせる。感じたことのない気持ちで胸がいっぱいになって、どうしたらいいかわからなくなる。

この感情は、なんなのだろう。橋下さんを前にした時の、穏やかで温かな気持ちとは違う。チリチリと熱く、浮き足立つような感覚……。

「……俺、もうスタンバイする」

逃げるように井田から離れた青木は、ホウキを手に取り舞台の中央に立った。「本番まであと一分」と演出係が声を張る。

顔がほてり、動悸が鎮まらない。緊張のせいだろうか。それとも……。

青木は自分の左胸をぐっとつかんだ。

治まってくれよ、心臓。俺はこの感情の名前を知りたくない。知るわけにはいかないんだ。

「青木」

振り返ると、井田が舞台袖でこぶしを掲げていた。

「がんばろうな」

青木は小さくうなずいた。とにかく、今はすべてを忘れて舞台に集中しよう。

演出係がカウントを始めた。「それでは二年七組による『シンデレラ』を上演します」

とアナウンスが響く。

青木はホウキを握りしめ、幕が上がる瞬間を待った。


「みなさん、文化祭お疲れ様でした！　それでは——カンパーイ！」

委員長の音頭に合わせ、二年七組の面々は「カンパーイ！」とジュースの入ったグラスを掲げた。最高だったよ、よく頑張ったねぇ、と互いを称える声があちこちから上がる。

七組の『シンデレラ』は予想外の好評を博した。無難に演技をまとめた井田とは反対に、青木はカンペを読み間違えるは、勢い余ってかぼちゃの馬車を破壊するは、すっ転んでスカートの中をお披露目するは、散々な有様だったのだが、むしろそれが斬新だと大ウケした。

結果、七組は特別賞をもらった。最優秀賞は逃したもののクラスは大いに盛り上がり、文化祭が終わると、興奮のまま学校近くのファミレスに流れ込んだ。

主演を張った青木のもとにはクラスメイトたちが次々にやってきた。ねぎらいの言葉に満更でもなく受け応えた青木は、人の来訪が途切れると、ぐったりと背もたれに寄りかかった。

疲れを感じていた。そりゃもういろんな意味で。

「青木くん、ここ座ってもいい?」

グラスを持った橋下さんが青木の向かいの席を指した。「もちろん!」と青木は背筋を伸ばす。

「シンデレラ、迫真の演技だったね。特に継母に頭突きをしたあのアドリブ、ぐっと胸に迫ったよ」

「ま、まぁね」

青木は視線を逸らした。単純に足が滑ってぶつかっただけなのだが、それは秘密にしておこう。

「……あの、朝はかばってくれてありがとうね」

上目遣いで見上げられ、青木は「いやいや、たいしたことじゃないよ」と頭をかいた。

「たいしたことだよ！　私、本当に助かったんだから！」

必死になって言う橋下さんの姿に青木の頬は緩む。シンデレラ役はそりゃもういろんな意味で大変だったけれど、頑張った甲斐があるというものだ。

「役のことだけじゃないよ。青木くん、この前、話を聞いてくれたでしょ？　私ね、本当に心強く感じたの。――私、青木くんのおかげでやっと決心がついた」

きっぱりと言った橋下さんは、ドリンクバー近くの席に視線を送った。ピザのチーズがどこまで伸びるかチャレンジする相多の向かいに、井田が座っている。

どきりと心臓が跳ねた。決心ということは、橋下さんはもしや井田に……。

「これからはもっと積極的に頑張る。せめて、ただのクラスメイトからはランクアップしなきゃ」

橋下さんはこぶしを握ってそう宣言した。

「……お、おー、いいじゃん！　その調子だよ」

自分のやることなすことすべて空回り（からまわ）だったけれど、なんだかんだで一歩前に進んだわけだ。青木は笑顔を作る。

「橋下さんがぐいっといけば、あいつなんてイチコロだよ」

橋下さんには幸せになってほしい。井田とうまくいけばいい。そう望み、現実はそれに近づいたはずなのに、気持ちは沈んだ。

……俺は一体、なにに落ち込んでいるんだろう。

「イチコロだったらいいんだけどなぁ……」

重いため息をついた橋下さんは、再び井田に視線を送った。

いつの間にか、井田の周りには複数の女子が集まり写真撮影会が始まっていた。ビシリと決まった王子役の影響で、井田の好感度はさらに上昇したらしい。相多までがそのおこぼれに与り（あずか）、女子にちやほやされている。

「……突撃しよう」

すくりと立ち上がった青木は、「え？」ととまどう橋下さんの手を引っ張り、井田たちの席に向かった。

「はいはーい！　主演のお通りでーす！」

ハリウッドスターよろしく手を振りながら登場した青木に、女子たちはきゃははと笑いながらカメラを向けた。その隙に橋下さんを井田の隣の席に押し込み、自分は相多の隣に座る。

「おっ、お二人さん、お疲れー」

「お疲れ」

相多と井田は軽く手を上げた。「お疲れさま」と顔を赤らめた橋下さんは、ちらりと青木を見ると、声には出さずに「ありがとう」と言った。

青木はうなずいたが、内心では頭を抱えていた。今のは本当に橋下さんのための行動だったのだろうか。それとも……。

「主演二人、揃ってるな」

青木たちのテーブルにやって来た委員長は、ゴホンと咳ばらいをすると、スプーンをマイク代わりに「みなさん、ちゅーもーく！」と声を上げた。

「ここで今回のMVPから一言いただきたいと思います。恥を捨て迫真の演技を披露してくれた、青木想太くん！　お気持ちをどうぞ！」

「え、俺？　えーっと……」

突然のことに言葉を詰まらせると、委員長はにやりと笑って、

「王子への愛の言葉でもいいぞ」

「愛!?　ねぇーよ、そんなのっ」

声を裏返らせた青木をヒューヒュー、とクラスメイトたちが囃し立てる。

「今さら照れるなって。お前たち、こんなにラブラブだったじゃん」

クラスメイトの一人がスマホを掲げた。画面にはガラスの靴に足を入れる青木と、跪いた井田の写真が写っている。

「なんだよ、それ！」

青木は赤面した。井田を見下ろす自分の潤んだ目といったら、まるで、まるで――。

「青木のこの目、完全に恋に落ちちゃってるよねー」

「しょうがないよ。この井田、ほんとに王子だもん。そりゃ青木姫も惚れるわー」

ひやりとしたものが背筋を伝った。まさか気づかれて……。

「惚れてねーから！　マジでやめろ！」

焦りのままテーブルを叩いて立ち上がると、クラスメイトたちはぽかんとして青木を見返した。

「え、なに？　急にキレて……」

「だって……」

口ごもった青木の肩に、「ハイハイ。落ち着け、青木ー」と委員長が肩を回してきた。

「これ、ノリだから。ありえねーってみんなわかってるし」

「え……」

青木が改めて周囲を見回すと、クラスメイトはみんな、からかいの笑みを浮かべていた。

「そりゃそーよ。冗談に決まってるじゃん」

「つーかこの写真、マジで傑作(けっさく)ー！」

クラスメイトたちはふざけた調子できゃっきゃっと盛り上がる。

もしかして、マジなの俺だけ……？

青木はずるりと座り込んだ。……そりゃそうだ。俺が井田を好きだなんて、とんだ笑い話だ。冗談でしかありえない。

本物のシンデレラは橋下さんだ。キラキラのガラスの靴は、彼女のためのもの。――だってほら、写真を見てみろ。俺には少しも似合っていないじゃないか。

「……なんだ、ばれちゃったかー」

青木はおどけた笑みを浮かべた。このまま「井田王子、大好き！」とでも叫べば、ひと笑いが起き、それでこの話は終わる。青木は委員長が持つマイク代わりのスプーンに手を伸ばした。

「やめろ」

青木より先にスプーンを取った井田は、騒ぎ立てるクラスメイトたちに静かな、しかし確かに怒りを含んだ視線を向けた。

「青木はクラスのために頑張ってくれたんだろ。なんで笑うんだ」

「……あ、ごめん……」

井田の真剣な口ぶりに、委員長が頭を下げた。クラスメイトたちもしゅんとうなだれ、シーンと場が静まる。

井田……俺をかばって……。青木はきゅっと唇を結ぶ。

ありがたい……。ありがたいけど、この冷え切った空気はどうするんだよ、お前……！

かわいそう！　さっきまであんなにワイワイ楽しくしてたのに。一目置かれているやつからのガチ怒りは、マジで精神にくるんだからなっ！

耐え切れず、青木は立ち上がった。

「キャーッ！　井田王子、カッコいい！　大好きぃっ！」

恥を振り切りそう言うと、一拍遅れてどっと笑いが起きた。

「青木が告白したぞー！」

「これぞ文化祭マジック！」

青木本人が茶化したことで、クラスメイトたちは今度こそ安心して盛り上がった。

「では次に委員長！　今回の立て役者として一言お願いしまぁーす」

相多が委員長にスプーンを向けた。「ヨッ、委員長」、「七組のリーダー」と周囲から囃し立てられ、委員長は「いやいや、みんなが力を合わせたからだよぉ」と大いに照れた。

「ちょっとドリンク取ってくるわ」

青木は席を立った。ドリンクバーの前に立ち、トマトジュースのボタンを押すと、井田が背後に立った。

「お前もおかわり？　ここのトマトジュース、うめーぞ」

「よかったのか？」

振り返ると、井田は納得のいっていないような顔をしていた。

まったくこいつは……。あきれ八割、その他のむずがゆい感情二割で、青木は肩をすくめた。

「あんなの適当に流せばいいんだよ。この場だけのノリなんだから」

「でも、お前は嫌だったんじゃねーの？　俺は嫌だった」

井田の声音はどこまでも真剣だ。

ほかの誰が笑っても、こいつだけは俺の気持ちを冗談にしない……。胸が締めつけられるような感覚に押し黙っていると、井田はうつむいた。

「余計なことしたみたいだな。悪かった」

「謝んなよ！　お前が怒ってくれて俺は……俺は……」

声が次第に小さくなっていく。青木はぐいっとトマトジュースをあおり、自分を奮い立たせた。

「うれしかったし！」

「……おう」

井田は安堵したように微笑み、首の後ろをかいた。


打ち上げが終わり、青木は一人家路についた。街灯に照らされた歩道を歩いていると、タッタッと軽い足音が聞こえる。

背後を見ると、橋下さんが「青木くん、待って」と駆け寄ってきた。青木はわずかに驚き立ち止まる。

「どうしたの？　帰り、こっちじゃないでしょ？」

「あの、もし間違っていたらごめんなんだけど……」

橋下さんは息を切らしながら青木を見上げる。

「打ち上げの時の青木くん、少し無理をしているように見えたから気になって……。もしかして、なにか悩んでる？」

「橋下さん……」

　気づいてくれたのだ。ジーンと胸が熱くなるとともに、罪悪感が募(つの)った。

「言いたくないならいいの。でも、もしもなにかに追い詰められているなら、話してほしいな。青木くんが私を応援してくれるみたいに、私だって青木くんのこと支えたいよ」

　橋下さんは優しい。沈んだ心をそっとすくい上げてくれるようなこの優しさが、好きだった。

「……青木くん？」

　心配そうに見上げられ、青木はごくりと喉(のど)を鳴らした。

　俺はとんだ臆病者だ。自分の気持ちを受け入れるのが恐ろしくて、みんなを騙(だま)している。

　橋下さんを、井田を、そして自分自身を――。

「橋下さん、ごめんなさい……！」

　青木は深く腰を折り曲げた。

　もう無理だ。橋下さんの本物の優しさに、卑怯(ひきょう)な偽りを答えられない。心の奥底からこみ上げる感情から、目を逸(そ)らすことができない。

「俺、もう橋下さんのことを応援できない。だって俺……、俺もあいつが……」

震えるこぶしを握りしめる。もうあとには引けない。想いはすでに走り出している。

「あいつが好きかもなんだ！」

橋下さんが息をのんだ気配がした。頭を下げたまま、青木は自嘲する。俺が井田に恋するなんて……。

「……おかしいよな、こんなの……」

「おかしくない！　ちっともおかしくないよ、青木くん！」

両手を取られ、青木は顔を上げた。

「た、確かにびっくりはしたよ？　でも私、青木くんが自分と一緒の気持ちだって知って、安心したっていうか、共感したっていうか……」

橋下さんは乱れた髪を耳にかけて笑う。

「私こそおかしいよね。でもさ、恋をするとみんなおかしくなるんだって。だから恋っていう字と、変っていう字は似てるらしいの」

星空の下、恋敵を懸命に励ます橋下さんは、身の内から輝いているようであった。その姿はまさしく天使――。

青木は鼻をすすった。こんな子に想われるなんて、井田は幸せ者だ。橋下さんが胸のつかえを吹き飛ばしてくれたおかげで、嫉妬も屈託もなくそう思えた。

「私のほうこそ謝らなくちゃ。青木くんの気持ちにちっとも気づかないで相談なんかして……。本当にごめんなさい」

「橋下さんは悪くないよ！　俺が惹かれ始めたのは文化祭の準備が始まったぐらいからだし、好きだってちゃんと自覚したのは今日だし……」

慌てて言い募ると、橋下さんは「わかる！」と両手を合わせた。

「私も準備を一緒にやって惚れ直しちゃった。重いものとか率先して運んでくれるし、ミスしたらさりげなくフォローしてくれるし……」

「そうなんだよ！　頼りになるよな、あいつ」

思わず声を弾ませた青木に、橋下さんは笑いかける。

「魅力をわかってくれる人がいてくれてうれしいな。優しくてかっこいいよね、相多くん」

「そうそう。優しいしかっこいいんだよな、井田は」

「……え？」

橋下さんが青木を見た。

「あれ？」

青木は橋下さんを見返す。

互いに思うことは同じ。——今、なんと言った？

「井田って……」

「相多くんって……」

青木の頭に、ポワワーンとお調子者の友の姿が浮かぶ。

相多くんって……相多くんって……あっくん!?

「えぇぇーっ!?」

絶叫が夜の街にこだました。

5

◇◇◇

ここに新品の消しゴムがあるとしよう。とある少女が、巷のまじないにちなみ、緑色のペンで好きな人の名前を書く。〝アイダくん♡〟と――。

少女は恋の成就を願ってせっせと消しゴムを使用する。

するとどうなるか？

消しゴムは徐々に縮む。そしてやがて、先頭に書かれた『ア』の文字が消える……。


つまりはそういうことだった。

橋下さんが好きなのは、井田ではなく相多。

青木の親友、お調子者のチャラ男、気取ったセンター分けのあの男……。

青木は机に突っ伏した。

――俺の大アホ！　大馬鹿！　勘違い野郎！

「うわぁ。お前、マジでアホだなぁ」

あきれ切った声に顔を上げると、相多は青木の机に置かれた解答用紙をのぞいていた。

先日行われた英語の小テストが返却されたのだ。

青木想太（そうた）という名の横に赤ペンで大きく書かれた点数は、驚異の五点。青木は知らぬことだが、この点数をつけた時、教師は己の指導力に自信を失い、ちょっと泣いた。

「……そうです。俺はとんだアホです……」

青木は肩を落とした。言い返すことなどできるはずない。

「そう気を落とすなって。アホなお前にビッグチャンスを与えてやる」

「ビッグチャンス？」

首をかしげた青木に、相多は片目をつむってビッと親指を突き立てた。

「合コンいこーぜ」

「ご、合コン？」

繰り返した青木は、確かに感じていた。右隣の席から漂い始めた負のオーラを……。

「バレー部の部長が、塾友（じゅくとも）のツテでセッティングしてくれたんだよ。今度の日曜の昼。相手は他校の女子。清楚系の可愛い子たちがくるらしいぞ」

負のオーラにまったく気づかず、ウキウキと語る相多に対し、青木は首をブルブルと横に振った。

「いや、俺はいいよ。行かない」

「なに遠慮してんだよ。文化祭マジックに取り残された俺たちにとっちゃあ、またとない機会だぞ！」

ばしりと背中をたたかれ、青木は「うっ」と口ごもった。

文化祭マジック、自分はばっちりかかってしまったのだ。

ちらりと廊下を見やる。クラスメイトと話す井田は、さっとネクタイをゆるめた。そんな何気ない仕草にさえ心臓が小さく跳ねる。

「俺は行かねーって。――そしてあっくん、君も合コンに行ってはいけない」

「は？　なんでだよ？」

眉根を寄せた相多を青木はギンッとにらみつけた。――決まってるだろ！　橋下さんがお前を好きだからだよ！

右隣に視線を向ければ、橋下さんは岩のように硬直していた。そりゃあ好きな人が合コンに行くなんて話を聞いたら、気が気じゃないだろう。

「今月のイニシャル占いを知らないのか？　名字の頭文字（かしらもじ）がAの者は、合コンに参加すると命を落とすらしいぞ」

「死!?　俺の運命重すぎない!?」

「そう。だから合コンに行ってはいけない。俺、あっくんに死んでほしくないよ……」

「──っ、それでも俺は行くぜ！　命がけの恋……燃えるじゃねーの」

相多は覚悟を決めた顔をしていた。──いっそそのまま燃え尽きてしまえ！

「……やっぱ俺も行く」

怒りを抑え、ため息交じりに告げる。こうなったらあっくんが女子といい感じにならぬよう俺が監視するしかない。

「いいのか？　お前も名字Aじゃん。死ぬぜ？」

「うっせぇ！　俺だって命かけてんだよ！」

青木は机をたたいて立ち上がった。橋下さんへの想いは変わっても、彼女の幸せを願う気持ちに変わりはない。

恋する幸せを教えてくれた女の子は、今では大事な友達だ。ぜひ恋を成就させてほしい。

「いいぜ、青木。その意気だ。二人で可愛い彼女、作ろうな」

肩に手を回され、青木はそのにやけ面（づら）に目つぶしをくらわせたい衝動を必死に留めた。

あっくんの野郎、近くにいるとびきり可愛い女の子に気づきもしないで……。

「……ところで、あっくん」

青木は横目で相多を見た。

「さっき、バレー部の部長がセッティングしたって言ったな？　もしかして井田も参加予定だったりして……」

おずおずと尋ねると、相多は「まさか」と顔をしかめた。

「あんなイケメン誘ったら、女の子が全部持っていかれるじゃねーか。他のメンツは他クラのバレー部だよ。武地（たけち）と市井（いちい）」

「そっか……」

正直、ほっとした。相多の言う通り、井田はきっとモテる。抜けたところはあるけど、見た目はいいし、ちゃんと気遣いもできるやつだし、笑うと一気に可愛げが出てくるし、短髪が男らしくも爽（さわ）やかだし……。

「どうした、青木。そんなにやけて……」

相多は不気味そうに青木から身を引いた。なんでもねぇよと表情を引き締めた青木は、ふと引っかかるものを感じた。

「……なぁ、あっくん。井田はイケメンだから声はかけないのに、俺のことは誘っていいの？」

自分の顔を指差し尋ねると、相多は「あれ、次の授業なんだっけ？」と視線を逸らした。

「あっくん？」

「急に尿意が。ちょっと便所行ってくるわ」

そそくさと自分から離れた相多の背中に、青木は手を伸ばす。

「ねぇ、あっくん？　あっくーん？」


合コン当日。

青木は集合場所であるビュッフェレストランの前に立ち、他のメンツの到着を待った。

待ち合わせ時刻の十分前になり、バレー部の武地と市井がやってくる。

「青木、今日はよろしくなー」

「おー、よろしくー」

軽く答えた青木は、二人の背後に立つ人物に気づいてぎょっとした。――い……い……

いっ！

「井田!?　なんでお前がここに!?」

目をむく青木に対し、井田はポケットに手を突っ込んだままさらりと答える。

「相多に代打を頼まれたんだよ。連絡、届いてないか？」

「は？　あっくん⁉」

青木はスマホを取り出した。確かに相多からメッセージが届いている。

『すまん！　熱が出て行けそうにない』

ぴえんのスタンプに続き、

『井田に代打を頼んだからあとはよろしく』

サムズアップのスタンプ。

青木はギリギリとスマホを握りしめた。

よりによってなぜ井田に？　自分が参加できないからといってイケメンに場を荒らさせる気だな、あの野郎……！

「驚いたな。青木がここにいるとは思わなかった」

そう言うわりに、井田は焦ることなくいつも通り平然としている。

「それはこっちのセリフだよ！」

井田のことだ。単純に頼まれごとを断れずここに来たのだろうが、こいつとて男子高校生。こんなしれっとした顔して、あわよくば彼女ができたらなんて期待を抱いていても、まったくおかしくない。

——これはやべーぞ。井田に彼女ができてしまう……！

「はー、緊張するなぁ。どんな子がくるんだろー」

「清楚系だって話だぜ。楽しみだな」

そわそわと言い合う武地と市井の肩に、青木はガシッと手を回した。こうなったら、こいつらに女の子たちの気を引いてもらうしかない。

「お前ら、気合入れてビシッと決めろよ！」

「おぉ、やる気満々だな、青木。力を合わせてがんばろうぜ！」

男三人、「締まってこーぜっ！」と円陣を組む。井田はその様子をぽかんと見ていた。

「東ケ岡の人だよね？　お待たせぇー」

きゃぴっとした声。バッと顔を上げた青木たちは、同時に息をのむ。

カラコン、まつエク、派手ネイル。現れた四人の女子たちは、ギャル三種の神器をもれなくまとったゴリッッッゴリのギャルであった。

……清楚とは？

先ほどまでの勢いがあっという間にしぼんでいく。強めギャルたちが放つ百戦錬磨のオーラに、井田を除く男性陣は一瞬で完全に圧倒された。

「早くお店入っちゃおーよ」

「は、はい……」

青木たちは小さくなって女子の後についていった。女子と男子で向かい合って席に着く。

「今日はよろしくねー」

「あ……ハイ」

場慣れした雰囲気のギャルたちに対し、青木たちはおどおどと落ち着かない。特に武地と市井の二人は、俺らみたいな雑魚、相手にされるはずがないと、畏縮し切っていた。

「えー、どうしたん？　なんかテンション低くない？　もっとアゲてこーよ」

ひと際派手な銀髪ワンレンギャルの言葉に、バレー部二人は「す、すみませんっ」と声を裏返らせた。

テーブルを包む気まずい沈黙……。それを打ち破ったのは、青木の「ハイッ！」という威勢の良い声だった。

「自己紹介しまぁす！　東ヶ岡のシンデレラ、青木でぇす☆　気軽に青ぽんって呼んでくださいっ」

バチリとウィンクを決めると、女性陣から笑い声がこぼれた。手ごたえあり。青木は「ほら、お前も自己紹介」と武地の背をたたく。

「あ、あの……」

「テンパりすぎだって！　なんかごめんねー。みんな合コン初めてで緊張しちゃってさぁ」

　大げさに両手を合わせる青木の姿に、あはは、と女子たちは賑やかな声を立てた。

「うちらだって緊張してるよぉ」

「えっ、マジで？　見えん！」

「ちょっと、どういう意味？　うちら、こう見えてピュアだかんね」

　場が一気に和んだ。ギャルたちの気取らない笑顔を見たことで、武地たちの緊張も解けたようだ。たどたどしいながらも無事に自己紹介を終えたところで、女子たちは料理を取りに席を立った。

「青木、お前、すげぇよ。さては合コン経験者だな？」

　武地と市井から尊敬のまなざしを向けられ、青木は頭をかいた。

「いや、俺だって初めてだし緊張してるよ。でも、だからってビビって黙りこくっていたら、相手に悪いだろ。逆の立場だったら悲しいじゃん」

　上手くはできなくとも、せめて歩み寄る努力はするべきだろう。そうしなければ伝わるものも伝わらない。

「確かにそうだよなー……」

反省した様子のバレー部二人は、「俺らもしっかりやろうぜ」とうなずき合った。

――よし。これでどうにか合コンの形にはなるだろう。ふぅと息をついた青木は、ふと視線を感じて右隣に座る井田を見た。

「……なんだよ？」

「別に。お前らしいなって思っただけだ」

井田はさらりと言う。

――ほんとこいつだけはよーっ！　気恥ずかしさに耐え切れず、青木は井田からプイと顔をそむけた。

食事はわきあいあいと進んだ。女の子たちはみな気立てが良く、青木たちのくだらない話にもきゃっきゃっと笑って場を盛り上げてくれた。

「井田くん。それ、なに飲んでるの？」

金髪ツインテギャル、ココロちゃんに聞かれ、井田はグラスを持ち上げた。

「昆布茶（こぶちゃ）。風味が良くてうまい」

「あはっ、チョイス渋いよー」

楽しそうに笑ったココロちゃんは、「うちも次はそれ飲むー」と続けた。そんな二人のやり取りを青木はハラハラと見守る。

　ココロちゃんはおそらく井田が気になっている。食事の初めから、井田をちらちらと見ていた。青木はどうにかココロちゃんの興味を井田から逸らそうと彼女に話しかけたが、意図しているのかいないのか、すべてのほほんと流されてしまっていた。

「なんかさ、井田くんって大人っぽいね」

「そうか？」

「うちも大人っぽくなりたくて、メイクとか髪型とか、色々研究してるんだー。ねぇ、この髪色、どう思う？」

　キラキラの金髪を指に巻きつけたココロちゃんは、上目遣いで井田を見た。

「校則違反にならないのか疑問に思う」

　大真面目（おおまじめ）な、しかし完全にズレた答えに、青木はジュースを噴き出しそうになった。

「……め、めちゃくちゃ大人っぽい色だね！　似合ってるよ」

　青木はとっさに口を挟んだ。

　なぜ俺がこいつのフォローしなくちゃいけない。そう思いつつ安心もしていた。今の一言で、ココロちゃんも井田の鈍さにあきれたに違いない。

　しかし、ココロちゃんの反応は予想と違った。頰（ほお）を赤く染め、ぽわんとした表情で井田を見つめる。

「井田くんって硬派なんだ……」

「なに、ココロ。もじもじしちゃってー。言いたいことあるなら、言っちゃえば？」

美しきかな女の友情。ワンレンギャル、ユキちゃんがすかさずパスを出した。

「うん、もう言っちゃお！」

え、嘘、待って。なにを言うつもり？

あわあわと焦る青木をよそに、ココロちゃんはとびきりの笑顔を浮かべた。

「ココロ、井田くん、超タイプ！」


「井田ぁ、どうするつもりだよー」

昼休み。パンを携(たずさ)え七組にやってきた武地は、にやにやと井田の肩をつついた。

「なにが？」

「なにがってココロちゃんに決まってるだろ。あれは完全にお前に惚(ほ)れてるぞ」

「ココロ……あぁ、竹内(たけうち)さんか」

しれっと言った井田はパックの緑茶をすすった。その落ち着きっぷりが、背後で昼食をとる青木には面白くない。

　バレー部連中の話を盗み聞きすると、合コンの日以降、どうやらココロちゃんは部活終わりの時間に合わせ、毎日駅で井田を待ち伏せしているらしい。二人は少し会話をしたらそこで別れるそうだが、関係というのはそうしたやりとりが積み重なって発展するものだ。

「のんきにしてんなよ。告られるのは時間の問題だぜ」

「竹内さんは俺に気はないと思うが……」

「んなわけないだろ。お前、それはマジで鈍感すぎるぞ。――なぁ、青木」

　話を振られ、青木はどきりとした。

「お、俺は知らねーよっ」

　ココロちゃんは本当にいい子だった。明るくて、にこにこしていて、素直で……。あんな子と付き合ったら、絶対に楽しいはずだ。

「青木ぃ、自分がモテなかったからって拗ねんなよ」

「へいへい。俺はどうせモテねーですよ」

　そりゃあ好かれるのも好きになるのも、女の子相手のほうがいいに決まっている。そもそも井田が合コンに来ようが、ココロちゃんといい感じになろうが、それを責める権利は自分にない。

だって俺たち、単なるオトモダチだもんな……。

「青木、いいとこあんのにな」

井田がつぶやく。青木は「んなもんないよ」とそっぽを向いた。

「あるって。本当に」

井田は本気で言っている。それがわかるから余計に腹が立つ。

──やめろよ。そんなふうに真っすぐ俺を見るな。意味なんて、なにもないくせに……。

青木はガタンと椅子を揺らして立ち上がった。

「……便所行ってくる」

これ以上井田のそばにいると、もっとひどい態度を取ってしまいそうだ。

少しとまどったような井田を残し、青木は屋上に向かった。手すりに寄りかかり、どんよりとした空を見上げていると、背後から声が聞こえた。

「青木くん」

駆け寄ってきた橋下さんは、青木の隣に並んだ。

「井田くんたちと話している声が聞こえて……大丈夫？」

気遣わしげに見上げられ、じわりと涙が浮かんだ。

「……橋下さん、俺はゴミクズだ。君に優しくされる価値なんてないよ……」

橋下さんが井田を好きだと知った時（完全なる勘違いだったわけだが）、落ち込みはしたけれど、こんな嫉妬にまみれた気持ちにはならなかった。相手が自分でなくとも橋下さんが幸せになれればいいと、彼女の恋を応援する気にだってなれた。

それなのにどうして井田が相手だと、俺はこんなにも身勝手になってしまうんだろう。

「俺、全然駄目なんだ。井田の幸せをちっとも祝えない……」

「青木くん、先走りすぎだよ。まだ井田くんがココロさん？　と付き合うって決まったわけじゃないでしょ」

「でも……」

ずびりと鼻を鳴らした青木の背に、橋下さんはそっと手を置いた。

「わかった。青木くん、今日の放課後、一緒にスタパへ行こう。それで新作のバニラフラペを飲みながら、チョコチップクッキーとバナナケーキを食べるの」

「バニラフラペ？」

急に食いしん坊な提案に、青木は困惑した。

「調理部で習ったの。人は甘いものを食べると幸せホルモンが出て、リラックスできるんだって。今の青木くんに必要なのは、糖分だよ。一緒に甘いもの食べて、井田くんにアプローチする元気をつけよう」

「橋下さん……」

なにが解決したわけでもないが、自分を気遣ってくれる友達の存在は心強かった。青木は涙をぬぐい、うんとうなずいた。

青木が怒っている。理由はきっと、俺が合コンに行ったからだ。

部活を終え駅に向かう道すがら、井田は重いため息をついた。

相多に代打を頼まれた時、いい機会だと思った。恋愛ごとに疎い自覚はある。そういう場に参加すればなにかがつかめるかもしれない、青木の気持ちを理解できるかもしれないと、そう考えた。

しかし、まさか青木があの場にいるとは……。

青木は驚いていたが、井田だって驚いていた。青木は自分を好きなはずだ。それなのになぜ合コンになんて参加したのだろう。

井田ははたと立ち止まった。

まさか青木は、心変わりしたのではないだろうか。なかなか答えを出さない自分にしびれを切らして、新たな恋を始めようとした。そういえば、合コン中の青木はかなり張り切っていたようだった。

そうなってくると、最近の青木が怒っている理由は……、単に煮え切らない俺が嫌いになったから？

なぜだか胸がずきりと痛んだ。その時、「井田くんっ」と駅方面から走ってくる竹内さんの姿が見えた。

「竹内さん」

「やっほー。なんか疲れた顔してるね。練習大変だった？」

まぁ、と井田は頭をかいた。ここ数日、竹内さんはほとんど毎日駅で井田を待っている。いつもは他愛(たわい)もない立ち話をしたらそれで終わりなのだが、今日は違った。

「ココロ、もっと井田くんと話したいな。今からスタパ行こーよ。一緒にフラペ飲も」

にっこりと笑いかけられ、井田は「ごめん」と軽く頭を下げた。

「俺、課題をやらないと。それじゃあ気をつけて」

「待って！」

立ち去ろうとした井田の手を、竹内さんがつかむ。

「……あのさ、ココロ、ほんとに井田くんのこと、いいなって思ってんのね？」

瞳を潤ませた竹内さんは、思い切ったように井田の手を引き寄せると、

「だから井田くん、うちと付き合ってください！」

ぎゅっと目を閉じ、そう告げた。

突然の告白に井田はまばたく。

「え、なんで？」

「なんでって……」

とまどいを浮かべた竹内さんに対し、井田は「だって」と軽く首をひねった。

「竹内さん、ほかに好きな人がいるんだろ？」

「……え」

竹内さんは動揺もあらわに口に手を当てた。

「ど、どうして井田くんがそのことを……？」

「友達と話していただろ？」

井田は合コンでのことを思い返した。食事を取りに席を立った際、竹内さんはチョコレートタワーの陰で友達とこんな話をしていた。

『ココロ、めっちゃ積極的じゃん。そんなに井田くんのこと気に入った？』

『だって井田くん、ココロのすきぴに似てるんだもん』

その時は「すきぴ」というのがなんなのかわからなかったが、あとで青木に聞いて理解した。「すきぴ」というのは好きな人のことらしい。

竹内さんは俺を好きなのではない。俺を好きな人に重ねているだけ。井田はそっと竹内さんの手を外した。

「俺がどれだけその人に似てるかはわかんねーけど、たぶん竹内さんは俺と付き合っても幸せになれないと思う」

「……井田くんって、本当に大人だね」

竹内さんの人工的な薄茶色の瞳に、じわりと涙が浮かんだ。

「……ココロのすきぴはね、年上なの。生徒指導の先生。厳しいけど、ココロのこと、ちゃんと見てくれる人なの」

駅前のベンチに移動したあと、竹内さんはそう語った。

「先生に釣り合うようになりたくて、メイクや髪を大人っぽくしてみても、いつも子ども扱いされるの。告白だって何回もしたけど、冗談にされちゃった……」

竹内さんはメイクが落ちるのも構わず、目じりに滲んだ涙を何度もぬぐう。

「忘れたくて合コンひらいてもらってもさ、結局似た人ばっか探しちゃうんだよ。あきらめなきゃいけないっていうのに、ほんとバカみたいだよね……」

『バカみたいだけど、本気で好きだったんだ……』

涙をこぼした青木の姿が竹内さんと重なり、また胸が痛んだ。竹内さんや青木が持つひたむきさは、自分にはまぶしいほどだ。まぶしすぎて形がつかめず、どう触れたらいいかわからない。

「……バカじゃないよ。そんだけ人を想えるのは、すげーことだよ」

偽りのない本心だった。いつかは自分もこんなふうに人を想えるのだろうか。このまぶしいものに触れられる日が来るのだろうか。

「すげーよ。本当に……」

「……そうかな」

竹内さんは不安げに髪に触れたが、井田が「本当だ」とうなずいてみせると、ほっとしたように表情を和らげた。

「……はぁー、なんか泣いたら甘いものが欲しくなっちゃった」

伸びをした竹内さんは、ちらりと井田を見上げると、

「ねえ、やっぱり一緒にスタパ行こうよ。なんか井田くんも今日は萎えな感じだし、糖分摂ったほうがいいって」

井田は肩をすくめた。確かに自分は今、「萎えな感じ」かもしれない。

「友達としてなら、オッケーでしょ？」

「……だな」

立ち上がった竹内さんに腕を引かれ、井田は歩き出した。

「ありがとうございました。またお越しくださいませー」

スタパの店員の声に送られ、青木は橋下さんと並んで店の外へ出た。

橋下さんの言うことに間違いはなかった。甘いものを食べたら、少し気力がわいたような気がする。

「橋下さん、誘ってくれてありがとう」

膨らんだ腹をなでながらそう言うと、橋下さんはガッツポーズを作った。

「とにかく、ハートを強く持ってね。結果が出る前から、あきらめちゃ駄目だよ」

「そうだよな」

井田はちゃんと考えると言ってくれた。真面目なあいつのことだから、口先だけじゃない。きっと青木の気持ちにしっかり向き合った上で、答えを出してくれるだろう。

それでもし、井田がココロちゃんと付き合うという選択をしたのならば……。

青木はうつむいた。――やっぱり、それはちゃんと祝福しなきゃだよな。友達として。

「あっ」

橋下さんが立ち止まった。その視線をたどると、スタパに向かって歩く男女がいた。ココロちゃんと井田だ。

二人は親しげな雰囲気で言葉を交わしていた。ココロちゃんの手は、井田の腕をしっかりとつかんでいる。

ココロちゃんが「あっ、青ぽん」と手を振った。青木をとらえた井田の目が大きく開かれる。

「橋下さん、ごめんっ」

青木は踵を返して駆けだした。「待て、青木！」と、井田が声を上げる。

――祝福するって決めた。……でも、今はまだ無理だ。まだ心の準備ができていない。

井田が追いかけてくる気配がした。無慈悲な現実から逃れたい一心で、青木は必死に手を振る。

「待てって！」

しかし相手は現役の運動部。恐るべき追い上げを見せた井田は、がしりと青木の腕をつかんだ。

立ち止まった二人は、それぞれ腰を折って荒い呼吸を繰り返した。ドクドクと響く心音はどちらのものか区別がつかない。

「……青木、話を聞いてくれ」

——嫌だ。なにも聞きたくない。思わず手を振り払うと、井田は傷ついたような顔をした。いたたまれず、青木はうつむく。

「……嫌な態度取ってごめん。でも俺、ちゃんとあきらめるから……」

好きな人が幸せをつかもうとしているのに、水を差すような真似はしちゃいけない。

——ちゃんと言わないと……。

「ココロちゃんと、お幸せになっ」

情けないほど震えた祝福の声に返ってきたのは、深いため息だった。

「それが人の幸せを願う顔か」

青木は鼻をすすった。自分がどんな顔をしているかなんて、わかるもんか。

「……あのな、青木。俺と竹内さんはそんなんじゃねぇよ。つーか竹内さん、他に好きな人がいるし」

「えっ？」

驚いて聞き返すと、井田は「俺がその人に似てるんだと」と肩をすくめた。

「それじゃあお前はココロちゃんに振られて……」

「俺も別に好きってわけじゃねーって」

「……でも、彼女がほしいとは思ってたんじゃねーの？　だから合コンに参加したんだろ……」

うかがうように見ると、井田は軽く息をついて青木の頭をポンとたたいた。

「お前の返事を保留しているのに、そんなこと思うわけねぇだろ。俺が合コンに行ったのは、なんていうか……勉強のつもりだ。俺は恋愛とかよくわかんねーから……お前に好きって言われてもピンと来なくて……。そういう場に参加すれば、なにかつかめるんじゃないかと思ったんだよ」

……なんだ。そういうことだったのか……。

青木はほっと胸をなで下ろした。濁（にご）っていた気持ちが、すうっと晴れていくような感じがした。

「よかったぁー」

胸を押さえてつぶやくと、井田は「俺も聞きたいんだけど」と、言いにくそうに頬（ほお）をかいた。

「青木はなんで合コンに行ったんだ？　お前のほうこそ、俺に愛想つかして新しい恋を始めようとしたんじゃねぇの？」

「違う違う！　全然違う！」

青木は慌てて首を振った。こいつ、またとんでもない勘違いをしやがって。

「人には言えない、やむにやまれない事情、ってやつがあったんだよ！　お前に愛想つかしたなんてねーから！」

むしろ日に日にもっと……。

青木は頬を赤くした。治まりかけていた鼓動が、また早くなっていく。

「……そうか」

井田はふっと肩を下ろした。安心したようなその素振りに、青木はふと思う。

「お前……もしかして気にしてた？　俺が心変わりしたんじゃないかって……」

「そりゃあするだろ」

井田は照れたようにうつむくと、

「俺だって俺なりにお前のこと、いろいろ考えてるんだぞ」

耳を赤くした井田を見て、青木の頬はゆるんだ。――なんだ。自分ばかりが悩んでいたわけじゃなかったのか。

「もっと悩めばいいんだ。俺と同じくらいに」

青木は笑った。

うれしさが隠しきれないその笑みに、井田もふっと口元をほころばせた。

6

三限目、美術。水彩による人物画の制作。井田と青木は互いをモデルにしてキャンバスに向かっていた。

井田は青木の顔をじっと見た。彩色にだいぶ苦労しているらしく、キャンバスを見つめる眉間には、深いしわが寄っている。

青木に想いを告げられて以来、ずっと考え続けてきた。しかしいくら考えても青木と交際するイメージはわかないし、「好き」という感覚さえまだよくわからない。

青木はいいやつだ。何事にも一生懸命で、他人のために体を張れる。一緒にいて楽しいと思うし、自分が青木に好感を抱いているのは間違いないとも思う。でも……。

この感情が友情の範囲の内と外のどちらにあるのか、それが井田自身にも判断がつかない。こいついいやつだなとか、一緒にいて楽しいとかは、友達相手にも思うことで、「好き」とは違うはずだ。

　ならば、自分が青木相手にしか抱かない感情はなんだ。井田は青木を見つめ続ける。

「もうっ、なんだよ！　さっきからジロジロ見やがって！」

　青木は顔を赤らめ声を上げた。井田が「見ないと描けないだろ」と返すと、「なんで井田とペアなんだよー」と頭を抱える。どうやら井田に見られるのがよほど恥ずかしいらしい。

「名前の順だからだろ」

　そう言うと、青木は近くにいた相多（あいだ）に「もうヤダ。あっくん、交代してくれ」と泣きついた。

「は？　やだよ。ここまで描いたのに」

「頼むよー」

「うるさいぞ、青木！」

　教師の一喝（いっかつ）が響いた。「す、すみません」と自分のキャンバスに向き直った青木は、うらめしそうな視線を井田に向ける。

『もっと悩めばいいんだ。俺と同じくらいに』

そう言った青木の無邪気な笑みを見た時、井田の胸はキュンとした。

ああいうふうに笑ったり、こういうふうに怒ったり、すぐに感情が顔に出る青木の率直(そっちょく)さを井田は可愛(かわい)いと感じる。これは、友達相手には絶対に抱かない感覚だ。

つまりこれが「好き」というものなのだろうか。ならば俺はやはり青木のことを……？

いや、待て。豆太郎(まめたろう)がいる。

飼っている犬の豆太郎はとても可愛い。井田の帰宅を尻尾(しっぽ)を振って喜ぶ姿を見ると、いつも胸がキュンとする。

つまり……青木＝可愛い＝豆太郎＝犬。ということは、俺にとって青木は……犬？

迷走する思考のせいで、筆はなかなか進まなかった。

□□□

——よし、こんなもんだろ。

絵を仕上げた相多は、モデルに「パレット洗ってくる」と声をかけ席を立った。向かった水道では、井田がバケツをすすいでいた。

「さっきはうちのワガママボーイがごめんなさいね」

言いながら隣に並ぶと、井田は「相多」とつぶやいた。

一年の時から付き合いのある相多から見れば、青木はお調子者のようでいて、実は人見知り気味なところがある。しかし文化祭以降、急に井田と距離を縮めたらしく、接し方に遠慮（えんりょ）がなくなってきていた。

「あの子、今、反抗期なのよねー。昔は可愛かったんだけど」

「相多も青木のこと可愛いって思うのか!?」

驚きをもって聞き返され、相多は思わず「は？」と真顔になった。

「一ミリも思わねーよ。冗談だよ」

「そ、そうか」

気まずげに口ごもった井田に対し、相多ははてと首をかしげた。「相多も」ということは、つまり……。

「井田的には青木って可愛いんだ？　なんだ、それ」

あはは、と相多は笑い声を立てた。まぁ確かに、おバカな犬みたいな可愛さはあるかもしれない。自分の尻尾を自分の尻尾と気づかず追い回しているような……。

青木に視線を向けると、キャンバスの前でわしゃわしゃと髪をかき乱している。人物画の課題なのに新種の妖怪を描き上げてしまった自分の画力に、絶望しているようだ。

あいつ、アホだなぁ。そう声をかけようとして井田を見た相多は、言葉をのみこんだ。

井田はわずかな微笑(ほほえ)みを浮かべつつ青木を見ている。その愛(いと)しげなまなざし……。

……ん？

ふと正体不明の疑念がよぎった。相多が首をかしげていると、井田は美術室に戻り、青木に声をかけた。なにを話しているかは聞こえないが、どうやら落ち込む青木を励(はげ)ましているようだ。

相多はじっと目を眇(すが)めて二人の様子を見た。普通、男が男をあんなふうに見つめるか？

つーか、井田って最近、やたらと青木を見ているような……。

青木と話している最中、視線を感じて振り返ると、井田がこっちを見ていた、そういう瞬間が多々あったと思い出す。

カチリ。回り出した歯車が、さらなる記憶を掘り起こす。

以前、井田は青木に好きなやつがいるか気にしていた。文化祭の時、井田はミスした青木を気遣いフォローした。打ち上げの時、青木を茶化すクラスの連中にガチで怒った。

カチリ、カチリ、カチリ……、ガッチーンッ！

連鎖して回り出した歯車が、相多にある結論を下させる。

「……え……そういうこと……？」

相多の手からパレットが落ちた。飛び散った黒い絵の具が、相多のスラックスに不吉な星々を浮かび上がらせた。

昼休み。食堂へ向かう青木のもとへ、相多が猛然と駆け寄ってきた。

「おー、あっくん。一緒に食堂行こう……ぐえっ！」

強烈なラリアットからのヘッドロック。首にガッチリと腕を回された青木は、その状態のまま校舎裏まで引きずられていく。

「ゲホゲホッ……なにすんだよ、ゲホッ」

「おおおおお、落ち着いて聞け」

相多は青木を宥(なだ)めるように手を上げたが、その手はガタガタとわなないていた。

「あっくんが落ち着けよ」

喉(のど)をさすりながらそう返すと、相多はごくりと唾(つば)をのみ、

「お前は井田に狙われている」

「……へ？」

──なにがどうしてそうなった？　青木は困惑して相多を見返す。

「い、井田が俺を狙ってる……？」

「わかる。俺も驚いた。でもさ……」

なぜその結論に至ったのか、名探偵面の相多が語った推論に、青木は額を押さえた。

──これはややこしいことになったぞ……。

「……な、なに言ってんだよ、あっくん。勘違いだってー」

あははと笑って流そうとするが、相多は「間違いねーって！」と譲らない。

「だってあいつ、お前のことめっちゃ見てるぞ」

だからそれが間違いなんだって！　井田が俺を見ているのは、俺が井田を見ているから、その視線に反応してるだけ！

青木はぎゅっと目をつむった。この誤解、どうするべきか……。

いっそ放っておくか？　いやしかし、それでは井田の名誉が……。

「待て、あっくん。実はだな……」

青木は事情をかいつまんで説明した。もちろん橋下さんが関わっていること、そして自分の気持ちの変遷は伏せた。

「──つまり、とある女子から借りた消しゴムに〝イダくん♡〟と書いてあったと。そしてそれを自分の消しゴムだと井田に勘違いされたと。……なに、その世にも奇妙な物語」

あきれる相多に、青木は笑顔を作って「だよなー」と返した。

「あいつ、いいやつ過ぎてすげー真剣に考えてくれちゃってさ……」

「で、気が咎めて本当のことを言い出せないって？　お前という人間は、本当にアホだな、青木よ。それ、井田を騙してることになってんじゃん」

「それはそうなんだけど……」

青木は言葉を詰まらせた。最初は確かにそうだった。

でも、今は違う。俺は本当に……井田が好きだ。

あっくん……一年の時からの友達だ。チャラついたパリピだけど、他人の気持ちをあざ笑うようなやつじゃない。

こいつになら……本当のことを話しても平気じゃないか……？

「……あのな、あっくん」

「しかし、勘違いでよかったよ。安心したぜ」

胸を押さえた相多は、ふぅー、と大きく息をついた。

「やばいフラグが立ってんのかと思って、すっかり焦っちまったよ。ありえねーもんな。普通」

心底安堵する友達の姿に、出かけた言葉が引っ込んだ。相多にとっても青木の気持ちは普通とは違うものなのだ。

「うしっ、青木。井田に本当のこと言おうぜ」

肩に手を置かれ、青木は「えっ」とうろたえた。

「このまま誤解させとくのは井田に悪いだろ」

「いや、でも……」

「でも?」

聞き返され、青木はうつむいた。言えない。正直に言えば、相多に引かれる。もしかしたら友達を失うことにさえなるかもしれない。

「ったく、でもでもしょーがねーやつだなぁ。わかった。俺が一緒に謝ってやるよ」

ぐいっと手を引かれ、青木は腰を引いた。

「やっ、いいって!」

「遠慮はいらねぇ。俺に任せな。井田に怒られないよう、取り計らってやっから」

相多はズリズリと青木を引きずった。——あっくんよ、よりによってなぜこんな時だけ頼りがいを発揮する?

抵抗むなしく、青木は教室へ連行された。扉を開けた相多は、元気いっぱい呼びかける。

「おー、井田。ちょっと屋上まで面貸してくれ！」

「つーわけで、青木がお前を好きだっていうのは、誤解だったんだ」

〝イダくん♡〟の消しゴムは青木のものではなく、とある女子から青木が借りたもの。

うろたえる青木をよそに、あっさり真実を伝えた相多は、井田に向かってパンと両手を合わせた。

「無駄に悩ませて悪かったな。俺の顔に免じて許してやってくれ」

「……は？　誤解？」

井田が青木を見た。驚きと困惑が入り交じった視線に、青木の身はびくりと強張る。

「あの……俺……」

「ほら、青木もちゃんと謝んなさい」

相多に押さえこまれるまま、頭を下げる。

――違う。誤解じゃない。誤解じゃなくなった。でも、相多の前でそれは言えない。

「すまんな、井田。こいつはアホなだけで、悪気があったわけじゃないんだ」

「……なんだよ。本気で悩んだんだぞ」

脱力したようにその場にしゃがみ込んだ井田に、青木は「ごめん」とうなだれた。

「……まぁ、俺も悪かった。俺が真に受けたから、本当のことを言い出せなかったんだろ」

「違うっ。井田はなんも悪くねぇよ」

この期に及んでまで青木を気遣う井田の優しさに心が痛む。

悪いのは俺だ。俺が臆病で、卑怯だから……。こうやって誤魔化して、逃げ回らずにはいられない。

「よし。これで一件落着だな」

やり切った顔をした相多は、「じゃ、俺は昼メシ食ってくるから」と屋上から出ていった。

青木はこぶしを握りしめた。——このままじゃ駄目だ。このままでは、すべてが本当になかったことになってしまう。

「……あの井田、俺……」

「もういいって」

すくりと立ち上がった井田は、青木の肩を軽くたたいた。

「こうやって解決したし、お互いにもう悩まなくて済む。勘違いでよかったよ」

安堵の表情で見下ろされ、こぶしから力が抜けていった。

——ほら、みろ。逃げ回ってばかりいるから、取り返しがつかなくなった。

こうして青木の恋は儚く散ったのであった。

消えた初恋——完——

「完じゃないよっ！　気を確かに持って、青木くん！」

「しょうがないよ……罰が当たったんだよ……」

薄暗く湿気の多い廊下の隅。

己を懸命に励まそうとする橋下さんから顔を背け、青木はいじいじと膝を抱える。

「俺が弱気なゴミクズ野郎だから……。橋下さんのことを好きだったくせに、コロッと井田に落ちちゃうような気の多い男だから……」

「えっ、青木くん、私のこと好きだったの？」

橋下さんが目を丸くした。青木はしまった！　と口を押さえる。

「いや、今のはっ……」

「ごめんなさい！　青木くんの気持ちには応えられませんっ」

　深々と頭を下げられ、青木はがくりと床に両手をついた。スピード玉砕。今日一日で何度失恋するんだ、俺は……。

「本当にごめんね、青木くん。私、ちっとも知らなくて……」

「うぅ……いいんだよ。もう気持ちに決着はついているから……」

「……でも、井田くんへの気持ちに決着はついてないんでしょ？」

　両膝を折り曲げた橋下さんは、青木の顔をのぞきこんだ。

「青木くんの大事な気持ち……このまま嘘にしちゃダメだよ」

　橋下さんと井田は似ている。二人とも生真面目で優しくて、他人の気持ちを軽く扱わない。

　――もしかして俺、こういうタイプに弱いのかも。青木はふっと自嘲めいた笑みをもらした。

「よかったって、ほっとしてたんだ。あっくんも、井田も……」

　この恋心を捨てれば、すべてが納まるところに納まるのだ。井田を困らせることはなくなるし、相多との関係も変わらずに済む。

「本当の気持ちなんて言えねーよ」

笑おうとして、代わりにこぼれたのは涙だった。青木はさっと顔を伏せる。

「青木くん……」

橋下さんは青木の背中に手を置こうとした。しかし、そうするより先に青木はゆらりと立ち上がる。

「俺、もう恋をするのはやめる。山にこもって一人で生きていく」

「や、山？」

青木はこくりとうなずいた。

知らなかった。人を好きになるのが、これほど苦しいことだったなんて。こんなつらい思いをするぐらいなら、世捨て人よろしく、山の中で孤独に生きていくほうがずっとマシだ。

「橋下さん……俺の分まで幸せになってね」

青木は涙をぬぐい、たっと駆けだした。

「待って、青木くん！」

橋下さんは走る青木を追いかけた。

青木くんはいつだって私の味方になってくれた。私を励ましてくれた。今度は私の番。私が力になってあげなくちゃ。そんな思いを胸に、全力で廊下を走る。

だが、全力を出したところで彼女は鈍足であった。思いとは裏腹に青木の背中はあっという間に遠ざかる。

「あ……あお、ゼエー、あおきっ……ハァー、くんっ……ゼエー……」

酸欠で体がふらついた。よろめいて壁に手をつくと、体を横から支えられた。

「そんな慌ててどうしたの？」

相多であった。彼に恋する橋下さんはキュンと胸をときめかせたが、すぐに我に返り、

「たっ、大変なの！　青木くんが山にこもるって……」

「山ぁ？　意味不明だな、あいつ……」

友の本心を知らない相多の口調はどこまでも軽かった。橋下さんは歯がゆさに両手をぎゅっと組む。

「でも青木くん、すごく落ち込んでいて……」

「落ちこむって……もしかして井田の件？　騙(だま)して悪かったなーみたいな？」

ためらいつつもうなずくと、相多は「嘘だろ」と目を丸くした。

「あいつ、まだ引きずってんの？　もう解決した話だぜ？　井田だってすんなり許してくれたのに……」

「それは……」

「さっさと本当のことを言えば笑って済む話だったのに。まったく、度胸なしはヤダねぇ」

冗談めかした相多の言葉に、橋下さんはうつむいた。

「でも、言えないことだってあるよ」

「そぉ？」

相多は腑に落ちない顔だ。——そうだよね。相多くんは強いから……。思いきりが良くて、物怖じしない。自分にはないその性質に憧れていたけれど、今はその強さがもどかしい。

青木くんは、あなたとの関係が変わってしまうことを恐れているのに……。

「受け入れてもらえないいんじゃないかとか、自分を見る目が変わってしまうんじゃないかとか、不安に思う気持ちもあるから……」

「いやいや。相手の反応気にして言えないとか、単なる言い訳だよ。結局、自分が傷つきたくないだけじゃん」

ずきりと胸が痛んだのは、それが自分にも当てはまる言葉に思えたからだ。

「そもそも誤魔化したあいつが悪いんだから、自業自得よ。ひとりで反省すればいいんだって。ってか橋下さん、ちょっとあいつに甘すぎ」

ははっ、と相多が笑った。その瞬間、感情があふれ出し、考えるより先に体が動いていた。

「うおっ!?」

よろめき、壁に背中を打った相多は、自分に張り手をかました橋下さんを混乱と困惑をもって見返した。

「……へ? なに?」

「――嫌い!」

張り手のポーズのまま涙目で叫んだ橋下さんは、くるりと踵を返して走り去った。

□□□

翌日。二年七組のロングホームルームでは、およそ二か月ぶりに席替えが行われた。

くじ引きの結果、廊下側の列に移動となった相多は、机を下ろして背後を振り返る。

「よ、青木。また近所だな」

二つ後ろの席に座る青木は、「おー」といまいち気の入らない返答を寄こした。新たな席がお気に召さないのか、その表情はうつろだ。

「よし、みんな移動は終わったな。じゃあ次、再来週の修学旅行のしおりを配るぞー」

担任教師が冊子を配り始めた。およそ二週間後、二年生は修学旅行として北海道へ向かうことになっている。旅行の目玉は二日目から行われるスキーで、相多としてはかなり楽しみにしていた。しかし――。

「それじゃあ持ち物の説明から始めるぞ」

しおりを開くとともに、気鬱なため息がもれた。昨日のことを思えば、のんきに修学旅行を楽しみにしてはいられない。

『――嫌い！』

強烈な張り手とともに告げられた言葉は、相多の心を深くえぐっていた。

橋下さんとは一年の時から同じクラスだったが、それでも相多と彼女の間には距離があった。真面目と不真面目。ノリがまったく違う。話しかけてもなかなか目が合わないし、すぐに話を断ち切って去ってしまう。

あまり男子と絡みたくないタイプなのかなと思った。しかし自分以外の男子とは普通に話すし、特に青木とは秋口辺りから急に親しくなり、二人でなにやら話し込んでいる姿をよく見かけるようになった。

——ということは、俺、単純に嫌われている？

そんな心配をしていたが、文化祭の準備が始まったころから潮目が変わった。向こうから積極的に話しかけてくれるようになり、笑顔を見せてくれることも多くなった。

自分たちは間違いなく友達といえる間柄になったはず。それが急に「嫌い！」ときたもんだ。

俺、そんなに悪いことした？

していない。むしろ褒めてほしいぐらいだ。青木と井田の間でわだかまっていた誤解をとき、二人を不毛な悩みから解放してやったのだから。

そこで相多ははたと思い出す。橋下さんは度胸なしという自分のディスから、青木をかばうようなことを言っていた。ということは、つまり……。

名探偵……いや、迷探偵相多のどぶ色の脳細胞が活性化した。——ずばり、橋下さんは青木が好きだから怒った！

間違いない！　確信を持って前方に座る橋下さんを見やると、丸っこい目とばちりと視線が合う。

「……っ！」

橋下さんはものすごい勢いで相多から顔を背けた。あまりの嫌われっぷりにさらに心がえぐられる。

……まぁでも、橋下さんが青木を好きっていうのは核心を衝いているんじゃね？

それならば二人の急接近にも合点がいく。なんだよ、青木。モテてんじゃん。にやりと笑って振り返ると、青木は教師の話もろくに聞かない様子で——相多もだが——うなだれていた。

……なんだ、あいつ。まだ昨日のことで沈んでんの？　まったく妙なところでデリケートなんだから……。

「じゃあ次、移動中の注意事項。他の乗客に決して迷惑をかけないように……」

ふと青木が顔を上げた。ひたと一点を見つめるその視線をたどっていくと、窓際に座る井田の姿に行きつく。

……あれ？

相多は首をかしげた。席替えによって遠くに離れた井田の背を見つめる青木の、その切実な表情……。

『でも、言えないことだってあるよ』

橋下さんの言葉が耳に蘇（よみがえ）った。

言えないことってなんだ？

青木は誰に、なにを言えなかった……？

放課後。部活のため調理室に向かう橋下さんは、ズキズキと痛むこめかみを押さえた。

どうしよう……。きっと相多くんに嫌われた……。

張り手で突き飛ばした上の「嫌い！」だ。なんだこいつ、力士か？　なんて思われたかもしれない。

昨日の相多の態度はあまりに薄情に思えたが、あれは青木の本心を知らないが故の、悪意のない言動である。それに怒って手を出してしまったのは、明らかにやりすぎだった。

ちゃんと謝らないと……。

そうは思うが、相多の顔を見ることができない。自分の意気地（いくじ）のなさに肩を落としたその時、背後から手を引かれた。

「――わっ！」

飛び上がるようにして振り返ると、真剣な顔をした相多が立っていた。

「あ、相多くん……」

「ちょっと来て」

手を引かれ連れて行かれたのは、人気（ひとけ）のない踊り場だ。橋下さんに向かい合った相多は、逃げ場を塞（ふさ）ぐようにドンと壁に手をつくと、怖いほど強いまなざしで橋下さんを見下ろした。

「なんで張り手したの？」

「……暴力を振るったことは、本当にごめんなさい。でも、理由は……」

橋下さんは押し黙った。しかし相多は「言えない？　なんで？」と追及を止めない。

――もしかして相多くん、青木くんの気持ちに気づいてる……？

どうすればいいかわからず、橋下さんは沈黙を続けた。理由は話せない。でも、嘘をつくことも難しかった。

しかし、その沈黙で相多はすべてを察した。

「……やっぱりあいつ、マジで井田のこと好きだったわけ？」

壁から手を離した相多は、乱暴な仕草で髪をかき上げる。

「はぁ？　ありえねー」

厭(いと)わしげな口調。青ざめた顔色……。

恋した人のあまりに残酷(ざんこく)な反応に、橋下さんは言葉を発することができなかった。

同時刻。職員室から出た青木は、目の前に立つ井田の姿に「うわっ」と声を上げた。

「井田っ、なぜここに？」

「バレー部の顧問(こもん)に用があって」

言いながら部誌を掲げて見せた井田は、「そっちは？」と尋ねた。

「お、俺は先生から呼び出し。この間のテストの結果が悪すぎだから、俺だけ特別課題だって……」

教師から渡されたプリントをひらひらと振る。

昨日の放課後、青木は山（児童公園のジャングルジム）にこもって考えた。「兄ちゃん、なにしてんのー」と枝でつついてくる小学生たちを無視し、たどり着いた答えはやはり一つ……。

井田への想いは消し去るべきだ。きれいさっぱり、跡形もなく。

「こんなん渡されてもどうしようもねぇよ。問題見ただけでも頭が痛くなるっつうのにさ……」

自然に振る舞わないと。へらりと笑ってみせると、井田はプリントをしげしげとのぞきこみ、

「教えようか？」

「えっ……」

「この単元なら俺にも教えられると思う」

その少しの気負いもない態度にはっきりと思い知らされる。井田の中で、青木の告白の件は完全に解決しているのだ。

「じ、じゃあ……時間がある時、頼むわ」

そう答えると、井田は「おう、またな」と職員室の扉に手をかけた。

自分たちの関係は友達から始まり、そして友達で終わった。終わったというのに、視線は井田の背中を追い続けてしまう。

失礼しますと職員室に入った井田は、青木を振り返ることなく後ろ手で扉を閉めた。うなだれた青木は、とぼとぼと教室に戻る。

タイムマシンがあったらいいのに……。

過去へ戻って全部を初めからやり直したかった。嘘も偽りもない状態で井田と向き合っていれば、少しは違う結果になったかもしれない。

自分の未練がましさにため息がもれる。のろのろと帰り支度を済ませて昇降口に向かった青木は、下駄箱を背にして座り込む相多の姿を見つけた。

「なにやってんだよ、あっくん。さっさと帰ろーぜ」

「謎はすべて解けた。……お前、本当は井田のこと好きなんだろ」

不意に示されたまぎれもない真実に、青木は取り出した靴をボトリと落とした。

「……は？　え？　ななな、なに言ってんの？　んなわけねーしっ」

「その反応は当たりだな」

立ち上がった相多の眼光は鋭い。

――駄目だ。完全にばれている……。

目の前が暗くなり、ふらりと下駄箱に手をつく。俺は恋どころか友情まで失ってしまうのか……。

「……ごめんな」

頼りなげなつぶやきに顔を上げると、相多は青木に対して頭を下げていた。

「そりゃあ本当のことなんて言えねぇよな。俺、やばいとかありえねーとか、ひどいこといっぱい言ったもん。ありえねーのは、俺のほうだよ」

　踊り場で橋下さんを問い詰めた時、彼女の固い沈黙から、相多は青木の本当の気持ちを悟った。

「はぁ？　ありえねー」

　相多はその場にしゃがみこんだ。立っていられなかったのは、自分の愚かさが恥ずかしかったからだ。

「そしたら俺、友達失格じゃん。青木の本当の気持ちに気づけなかったどころか、傷つけるようなことばかり言った。そりゃあいつ、なんにも言えねーわ……」

　声が震えた。自分のふざけた言動が、どれだけ青木を追い詰めたことか……。

「……失格じゃないよ」

　しかし、橋下さんはそう言った。相多の前にかがみ、真っすぐに視線を合わせながら。

「相多くんが大事な友達だから……絶対に失いたくない人だから、青木くんは話せなかったんだよ」

「……青木。俺はこんなだけど、それでもお前と友達でいたいんだ……」

相多はしゅんとうなだれていた。初めて目にするしおらしい態度に、青木は思わずぶっ、と噴き出した。

「あっくんってへこんだ顔、マジで似合わねーのな」

「お、おい！　俺は真剣に謝ってんだぞっ」

「わかってるよ」

安堵のまま、下駄箱に寄りかかる。

「俺こそ変に誤魔化して悪かった。……そうだよな。ほんとのこと話したって、あっくんが引くわけねぇのにな。ビビりすぎたわ」

「青木……」

感じ入ったようにつぶやいた相多は、「それじゃあ、ひと思いにやってくれ」と左頰を青木に向けた。青木は首をかしげる。

「なにを?」

「殴れよ。お前の怒り、全部受け止める覚悟だぜ」

「んなことするかよ。第一、怒ってもねーし」

こうやって謝りにきてくれただけで、自分のことを真剣に思ってくれているとわかっただけで、十分だった。

「つーか、あっくんの反応が普通だと思うし……」

ポケットに手を突っ込みそう言うと、相多は青木の靴を拾い上げながら、

「じゃあその普通が間違ってるんだろ」

言い切られ、こみ上げるものがあった。あっくんと友達になれてよかったと、心からそう思う。

……そうだ。井田ともこんなふうになればいいんだ。

青木はそっと目を伏せた。井田ともふざけあったり笑い合ったり、たまには悩みを打ち明け合ったりして、友情を深めればいい。

友達としてなら、そばにいられるのだから——。

7

クラーク像！

「ボーイズビィィーッ、アンビシャスッ！」

動物園！

「きゃーっ！　アザラシ超可愛(かわい)い！」

時計台！

「思ったよりもなんか……なんか……っ！」

——というわけで、やってきました、北海道!!

修学旅行初日の夜、札幌(さっぽろ)市内のレストラン。東ケ岡(ひがしがおか)高校二年生の生徒たちは、浮かれ気分でジンギスカン鍋(なべ)を囲んでいた。

「羊、めっちゃうめぇ！」

本場の味に瞳を輝かせた相多は、いつも以上にテンションを上げ、隣に座る青木の背をバシバシと叩いた。

「マジで最高だな、北海道。飯はうまいし、景色はいいし」

「……だな」

そう答えはしたものの、青木の気分はちっとも上がっていなかった。もくもくとわく煙の向こう、窓際の席に座る井田に視線を注ぐ。

井田は同じ席のやつらと和やかに食事をしていた。その横顔はしっかり旅行を楽しんでいるように見える。

煙が目にしみ、青木は目をしばたたかせた。せっかく北海道まで来たというのに、心には隙間風が吹いている。

時間の経過とともに想いが消えていくのを待つつもりだった。しかし日が経つにつれ恋しさは募り、後悔ばかりが膨れていく。旅行に来れば気持ちがまぎれるかと期待したが、北海道の雄大さは、青木の孤独をむしろ際立たせた。

「青木くん、トウモロコシどうぞ。いい色に焼けたよ」

向かいに座る橋下さんが、青木の皿に香ばしく焼けたトウモロコシを置いた。

初日の行動班は事前のくじ引きによって決められたわけだが、運命の神様は日ごろの行いをきちんと見ているのか、橋下さんに相多と同じ班になるという幸運を与えていた。好きな人と観光地を巡ることができ上機嫌な橋下さんの様子に、青木のささくれ立った心は幾分なだめられる。己の恋が消え去った今、恋愛成就の希望は橋下さんに託すしかない。

「ありがとう、橋下さん」

「明日のスキー、楽しみだね。私、スキーってほとんど経験ないの」

「俺もだよ。小学生の時のスキー教室以来だ」

東ヶ岡の伝統として、修学旅行の内の二日間は毎年スキーに当てられている。青木は初心者レベルの腕前しかないが、まぁ滑るぐらいはどうにかできるだろうと楽観的に構えていた。

「おい、青木ぃ。明日はゲレンデでビシッと決めろよ」

相多に肩を抱かれ、青木は「なにを？」と首をかしげた。

「そりゃもちろん、井田への再アタックだよ！」

「あっくん、声がでけーって！」

青木は慌てて周囲を見回した。しかし誰も彼もがジンギスカンに夢中で、青木たちの会話を気にする者はいない。

「ゲレンデマジックって言葉もあるんだぜ。男はゲレンデの上だと三割増しでかっこよく見えるらしい。井田の前でターンをシュッと決めて、ゴーグルをバッと上げて、『お前が好きだ』って伝えるんだよ」

ゴーグルを上げるふりをした相多は、キリリと決め顔を作った。青木にはアホ面にしか見えないが、橋下さんはぽーっとしている。――俺が言うのもなんだけど、橋下さんってチョロい。

「マジックはもういいって。俺、ちゃんとあきらめるって決めたんだ。あいつだって勘違いでよかったって言ったし……」

鍋の隅で焦げてチリチリになったもやしをつつくと、橋下さんは「青木くん……」と気の毒そうな表情を浮かべた。

「だからそう弱気になるなって。恋の先輩がばっちりアシストしてやるからさ」

「恋の……」

「先輩……？」

青木と橋下さんは同時にこてんと首をかしげた。フフッと不敵な笑みを浮かべた相多は、得意げに胸を張る。

「わりぃ、言ってなかったな。俺、彼女ができたんだ」

不意打ちの爆撃に、青木は声を裏返らせた。

「は？　いつ？　誰っ？」

「さっき。移動のバスの中で。一緒に大富豪をやっていた他クラの女子から告られちゃったのよ。『相多くん、大富豪めっちゃつよーい。私と付き合ってよー』って。俺はもちろん、『うん、付き合うー』と答えた」

なんという軽さ。分離したティッシュペーパーよりも軽い。つーかこのチャラ男、人が失恋で苦しんでいるっていうのに、自分だけちゃっかり彼女をゲットしやがって……。

「あっくんもだけど、相手の子も完全にその場のノリじゃん！　いいのかよ、そんな半端な気持ちで付き合って！」

バンとテーブルをたたくと、相多は「いいのいいの」とトウモロコシを頬張った。

「気持ちなんて、付き合っているうちに深まっていくものさ」

「そんな軽薄な……」

恐る恐る橋下さんの様子をうかがうと、彼女は白目をむき硬直していた。――し、死んでいる……！

青木は慌てて橋下さんの肩を揺さぶる。

「橋下さぁんっ！　戻ってきてぇっ！」

「お前ら、そんなはしゃいでいられるのも今日だけだぞ」

ぬっと現れたのは、離席していた委員長だった。

「なに言っててんだよ、委員長。明日だってはしゃぐに決まっててんじゃん」

相多がへらりと言うと、委員長は妙に据わった目で「能天気なやつめ」と返した。

「俺は先輩から聞いたんだ。明日から行われるのは、ただのスキーじゃない」

委員長は青木たちの顔をジットリ見回すと、トングを手に取り、首を切るような動作をした。

「血で血を洗う、地獄のスパルタスキー合宿だ！」


「なんだ、ここは……」

翌朝。バスから降り立った二年生一同は、本日の宿泊先であるスキー場のホテルを前にとまどいの表情を浮かべた。

観光地にはおよそそぐわない、陰鬱(いんうつ)な雰囲気(ふんいき)をまとった洋館であった。枯れたツタが巻きつく灰色の壁はあちこちにヒビが入っていて、強風が吹けばたちまち崩れ落ちそうな有様である。

「連続殺人事件でも起こりそうなホテルだな」

生徒の誰かがつぶやいた。直後、怒声が響き渡る。

「私語は慎めぇーっ！」

全員の注目がホテルのバルコニーに集まった。スキーウェアを着込み、顔の下半分が髭で覆われた大男が、仁王立ちでこちらを見下ろしている。

――誰？　イエティの親戚？　困惑する生徒たちに向かって、男は声を張り上げた。

「唱和！　スキーを制す者は受験を制す！」

「!?」

なんだ？　なにが始まった？　ぼう然とする生徒たちに対し、男は降雪機の発射口を向けた。

スイッチオン。氷のつぶてが容赦なく襲い来る。

「ぎゃーっ、冷たい！」

悲鳴を上げる生徒たちに降雪機を向けたまま、男は「唱和ぁっ！」と繰り返した。

「ス、スキーを制す者は受験を制す！」

寒さから逃れたい一心で、言われるままに繰り返す。しかし――。

る。

出力最大。吹き荒れるブリザード。阿鼻叫喚の生徒一同は、必死の思いで声を張り上げ
「声が小さぁいっ！」

「スキーを制す者は受験を制すっ!!」

「今日から三日間、お前らのそのしみったれた根性を俺と雪山が鍛え直す！　覚悟しろ！」

追い立てられるようにスキーウェアに着替えた生徒たちは、問答無用でリフトに乗せられ、上級者コースのスタート地点に立たされた。

「お前らの魂の滑りを見せてみろ！　百本ノック開始ぃっ！」

男は――イエティコーチはほとんど突き落とすような勢いで、生徒たちを急斜面に送り出した。青木のような初心者でさえその対象である。

「ぎゃあーっ！」

バランスを崩して尻もちをついた青木は、立ち上がることができないまま尻で斜面を滑った。キャー、という悲鳴に背後を見やると、横倒しになった橋下さんが、ゴロゴロと転がってくる。

「青木くん、避けて！」

そう言われても俎板の鯉ならぬゲレンデの青木になす術はない。衝突した二人は、団子になってコース横のネットにぶつかった。

「……は、橋下さん、大丈夫?」

むくりと起き上がった青木は、ネットに絡まる橋下さんの腕を引っ張った。

「ごめんねぇ、青木くん……」

初心者二人は、互いを支えにして立ち上がる。

悲鳴はあちこちから上がっていた。周囲を見渡せば、なすすべなく転げ落ちる者、ひっくり返って雪に埋もれる者、木に激突する者……。

地獄絵図の様相を呈するゲレンデに、青木は震え上がった。——なんだこれは……悪夢か?

「急に滑れなんて言われてもムリだよー」

恐怖と寒さでガタガタと震える橋下さんに、青木は「だよなぁ」と半べそでうなずいた。

「俺らにこのコースは酷だ。板を横にして歩いていこう」

かなり情けない姿になるが、この際気にしていられない。体を横向きにし、歩き出そうとしたその時、委員長が背後から回りこんできた。

「馬鹿、お前ら！　真面目に滑らねーと地獄行きだぞ！」

ゴーグルを上げた委員長は、血走った目を青木たちに向けた。

「こうしている今も、俺たちは審査されてるんだぞ！」

「し、審査？」

「ここはスキーの実力ですべてが決まる場所……滑らぬ者に人権はない」

恐ろしげにつぶやいた委員長は、この一秒が惜しいとばかりに慌てて滑走を再開した。

青木はその背をぽかんと見送る。

人権がない？　そんな馬鹿な話があるか。俺たちは修学旅行に来ただけだぞ。

――しかし、そんな馬鹿な話があったのだ。


幾度となく雪山から突き落とされ、満身創痍で迎えた昼食時間、ホテルの前の掲示板には、クラス分けの用紙が貼りだされていた。

AからDの四つに分かれたクラスのうち、井田と相多はAクラスに割り振られていた。

青木と橋下さんはDクラスだ。

「Dクラス、俺たち二人だけだね」

不穏なものを感じ、橋下さんと目を見合わせる。すると背後にいた委員長がぼそりとつぶやいた。

「Dクラス……それはこの雪山で地獄を意味する……」

「地獄……？」

固唾をのんで聞き返すと、委員長は暗い表情で語り始めた。

「まずは風呂。Dクラスが入れるのは一番最後、ぬるくなった仕舞い湯だけ。しかもこのホテルの設備は古いから、そのころはボイラーの湯がなくなってシャワーは水しか出ない」

青木は「水だけ？」と腕をさすった。聞いただけで体が凍えるような気がした。

「次に部屋。Dクラスの女子部屋はいわくつきだ。かつてその部屋で不倫旅行中のカップルが、心中を果たしたとか果たさなかったとか……」

「私、そこに一人で泊まるの!?」

怯える橋下さんに、青木は「気を確かに」と寄り添う。

「男子部屋にもいわくはあるぞ。ギャンブルにはまり借金取りから逃げてきた男が、その部屋で首をくくったとか、くくらなかったとか……」

「くくらないで、くくらないでぇー」

青木は頭を抱えた。ご利用は計画的にしてほしい。

「そして食事……！」

ホテル内の食堂。「ハイ、お待ちぃ」と青木たちDクラスのテーブルに供されたのは、鶏むね肉の蒸し焼き、ブロッコリーとカリフラワーと和え物、そしてゆで卵の白身のみ……。

超高タンパクマッスル定食を前に、青木と橋下さんはそろってうなだれた。

ここは北海道、美食の大地。それなのになぜ俺たちは、このようなマッチョ製造メニューを食さねばならない？

「それはお前たちにパワーが足りないからだっ！」

突然の大声に青木はびくりと身をすくめた。ピッチャーを手に持ち、現れたイエティコーチは、青木たちのコップにトプトプと白っぽい液体を注ぐ。

漂う大豆のにおい……。これはプロテインッ――！

「タフな体にタフな魂は宿るもの。しっかり食って、しっかり筋肉をつけなさい」

イエティコーチは青木と橋下さんの肩を力強く叩くと、ピッチャーに残ったプロテインを一気に飲み干し去っていった。

箸を取り、むね肉を口に運ぶ。舌の上に広がるのは素材そのままの味……。つまり、味つけはほとんどされていない。

「しかもパサパサ……」

「このプロテイン、喉に張りつくよぉ……」

他のクラスのテーブルに並んでいるのは、海鮮丼にスープカレー、ポテトグラタンなど、北海道の名物ばかり。その糖質と脂質がねたましく、悔し涙で視界が滲んだ。

「せっかくの修学旅行なのに、こんな目に遭うなんて……」

肩を落としたその時、テーブルにコトリと皿が置かれた。そこには燦然と輝くチーズハンバーグが二つ……。

「食えよ。それだけじゃあ味気ないだろ」

「井田！」

「Aクラスのメニューからちょろまかしてきたぜ」

「相多くん！」

それぞれのヒーローの登場に、青木と橋下さんは声を弾ませた。そろって「いただきますっ」とハンバーグにがっつく。

「うめぇ、うめぇよう……」

「二人とも本当にありがとう」

疲弊した心と体に脂身がしみ渡る。「それはよかった」と、井田たちも同じテーブルを囲んだ。

「にしても今時スパルタとか古いよな。どう考えてもスキーは受験に関係ねぇだろ」

ため息まじりの相多の言葉に、青木はこくこくとうなずいた。不当にして横暴。教育委員会に訴えてやりたいぐらいだ。

「午後からDクラスには特別講座が開かれるらしいが……」

井田は心配そうに青木と橋下さんの顔を見回した。

「──とにかく、怪我(けが)はしないようにな。なにかあったら言えよ」

「そうだぜ。無理すんなよ」

──井田、なんて頼もしいんだ……！

──相多くんって、やっぱり優しい！

失恋の記憶は彼方(かなた)に飛び去り、青木と橋下さんは胸をキュンと高鳴らせた。

ゲレンデマジック。スキーウェアを着込んだ想い人は、三割どころか倍増しでかっこよく見えた。

斜面を滑り切った井田はゴーグルを上げた。初心者コースを見下ろすと、Ｄクラスの二人はターンの練習をしている最中だ。

コントロールを失った青木が、頭から雪山に突っ込む。「青木ぃ、しっかりやれ！」と、イエティコーチの叱責（しっせき）がここまで届いた。

「おー、やってんな」

井田の隣にやってきた相多は、青木を起こそうとした橋下さんが尻もちをつく姿に、

「あちゃー」とこぼした。

「こりゃあ、二人そろって前途多難だな」

井田はうなずいた。二人ともおっちょこちょいなところがあるので、怪我をしないか心配だ。

「ダーリン、見つけたぁ♡」

派手なウェアを着た女子が近づいてくる。誰だと首をかしげた井田の横で、相多が甘えた声を出した。

「やぁ、ハニー♡」

「……ハニー？」

驚いて相多を見ると、相多は「そ、俺の彼女」と女子の肩を抱いた。話を聞くと、昨日のバス移動中に親しくなり、そのままの勢いで付き合い始めたそうだ。

交際というのはそんな簡単に始まるものなのか。井田は大きな衝撃を受ける。

「じゃ、俺らはもうひと滑りしてくるけど、お前は？」

「俺は少し休むよ」

Aクラスはほとんど自主練状態で、好きなコースを好きなように回ってよいとされていた。

相多と別れ、休憩所へ向かう。ベンチ周辺にはバレー部のメンバーがそろっていた。

「おぉー、井田。お疲れー」

「お疲れ」

井田は自動販売機の前に立った。緑茶のボタンを押そうとして、ふとその上にあるトマトジュースが目に留まる。思い出したのは、文化祭の打ち上げの時の青木の姿だった。

『うれしかったし！』

あの言葉は嘘だったのだろうか。竹内さんと付き合わないと伝えた時の安心した表情は？　自分と同じくらい悩めばいいと言った時の、いたずらっぽい笑みは？

　あれらは全部、その場限りの誤魔化しだったのか……。

「――だよな、井田」

　武地に肩をたたかれ、井田は「ん？」と首をかしげた。

「だから、一年へのお土産だよ。木彫りの熊のキーホルダーより、断然『ホワイトな恋人』がいいよなって」

「あぁ、そうだな。食い物のほうがいいと思う」

　結局、トマトジュースのボタンを押した。出てきた缶を取り出すと、武地が肩に手を回してくる。

「なんか井田、最近ぼーっとしてね？　もしかして悩みでもあんの？」

　井田は肩をすくめた。確かにこのところ、ふとすると青木のことを考えこんでしまう。

「……最近告白されて」

「えっ、告白！」

　バレー部のメンバーはざわめいた。みな、恋バナには興味津々なお年ごろだ。

「真剣に返事を考えたんだが……勘違いだった」

　ざわめきがどよめきに変わった。――勘違いって……どゆこと？

「えーっと……つまり、その子は井田を好きじゃなかったってこと？」

井田がうなずくと、「……お、おぉ……」とバレー部はおののいた。まさに天国から地獄。自分だったら正気でいられないと、顔色を青くする。

「なんでそんな勘違いをしちゃったんだよ。あっちが好きかどうかなんて、雰囲気でわかるだろ」

「わかんねーよ」

わからなかった。あのひたむきなまなざしが、偽りだったなんて……。

プルタブを開ける。口に含んだトマトジュースは、思ったよりも酸味が強くて飲みにくい。

「……その子のこと、浩介は好きだったんだな」

気の毒そうに豊田が言った。豊田は井田の幼なじみだ。

「いや？　いいやつだとは思うけど」

「なんでだよ！　そこは好きでいいだろ！」

一斉に突っ込まれ、井田は少々たじろいだ。

好きってなんだ？　周りのみんなは自然に好きな人ができるのに、いまだに自分はわからない。

べつに、わからなくてもいいと思っていた。あの日、屋上で青木に想いを伝えられるまでは——。

透明な涙のきらめき、子供みたいに真っ赤に染まる頰（ほお）……、青木がことあるごとに示す反応は、井田の目にはなにやら貴重なものに映った。

でも実のところ、あれらにたいした意味はなかったのだ。それを知り、心に穴が空いたような感じがする。

「まぁ恋について考え始めただけでも、浩介にしたら成長だよ」

豊田に言われ、井田は頰をかいた。とてもそうは思えない。まだ輪郭（りんかく）さえつかめていないうちに、すべてが終わってしまった。

「でもな、浩介」

幼なじみは井田の背中を軽くたたいた。

「考えてもよくわからないのが、恋ってものなんだぜ」

「青木っ、橋下っ！　なんだその腑抜（ふぬ）けた滑りは！」

初心者コース。腰を引き、へろへろと雪上を進む青木たちに対し、イエティコーチは声を張り上げた。

「もっと気合を入れろ！　そんな状態では再試験に合格できんぞ！」

夜に行われる再試験に合格できれば、Cクラスに昇格でき、マッスル定食からも、不吉ないわくつきの部屋からも解放される。しかし不合格だった場合、昇格のチャンスは完全になくなり、残る日程をDクラスのまま過ごさなければならない。

もうDクラスは嫌だ。きつい練習も味気ない食事も懲り懲りだ。いっそのこと早く家に帰りたい。

「お前ら、自分がなぜ成長しないかわかるか!?」

「才能がないからです！」

ストックを突きつけられ、反射的にそう答えると、イエティコーチは「違う！」と叫んだ。

「そうやって諦めているからだ！　己の軌跡を見てみろ！」

イエティコーチが示したのは、青木と橋下さんが雪上に残したスキー板の跡だった。

便秘に苦しむヘビがのたくったようなその跡には、揺らぎ、弱気、怯え……、滑った者が抱くネガティブな感情がまざまざと表れていた。

「これが今のお前たち自身だ」

厳しい声音が胸に突き刺さる。

……そうか。自分たちはただスキーが下手だからDクラスに選ばれたわけではなかったのか。

目の当たりにした己の未熟に、青木たちは唇を噛みしめる。

「……だがな、たとえ何度転んでも、己の弱さに向き合うことで人は成長する」

青木たちを振り返ったイエティコーチはゴーグルを上げた。思いのほか優しげなその瞳には、未熟ささえも包み込むような慈しみが映っている。

「お前たちはそれを学びにここまでやってきたんだろう」

そんなつもりは毛頭なかった。観光気分でやってきただけである。

しかし青木と橋下、二人は雰囲気に流されやすいタイプであった。

「……コーチ、俺たち、やりますっ！」

「弱気なままでいたくありません！」

気分はスポ根漫画の主人公。目を潤ませて宣言した二人に、イエティコーチは「うむ。いい目になった」とうなずいた。

「では俺はCクラスの指導に回る。怪我に気をつけて自主練に励みなさい」

華麗な滑りで去っていくイエティコーチを見送り、青木はストックを握り直した。

イエティコーチの言う通りだ。今までずっと、誤魔化してあきらめて、自分の気持ちに向き合わずにいた。

「……青木くん。私、あきらめないよ。相多くんに彼女がいても、この想いは変わらない」

橋下さんは上級者コースを見上げた。その視線の先には、彼女と滑る相多の姿がある。

「……俺もだ。このまま終わらせたくない」

すべて偽りだったと思われたくない。なかったことにしてほしくない。ほかの誰でもなく、井田だけには──。

「橋下さん、絶対再試験に合格しよう。合格して、強い自分に生まれ変わるんだ」

「うんっ！」

互いのストックを交差させた二人は、「えいえいおーっ」と声をそろえた。

二人は滑った。転び、転がり、木にぶつかり、雪に埋もれながらも、一心不乱に滑り続けた。

「頑張ってんな。二人とも」

日が落ちかけたころ、声をかけてきたのは相多だった。その背後には井田もいる。

「この後、再試験なんだって?」

「俺らも練習付き合うよ」

それぞれの想い人の言葉に、青木たちは「ありがとう」と声を震わせた。

青木と井田、橋下さんと相多、練習は自然と——いや、正直かなり意図した上で、二手に分かれた。

「青木、膝を伸ばし過ぎだ」

井田のアドバイスに従い、慌てて膝を曲げた青木は、バランスを崩して背中からすてーんと転ぶ。

「いってぇー……」

腰を押さえていると、「大丈夫か?」と井田が手を差し伸べてきた。少しためらいはしたもののその手を取ると、強い力で引っ張り上げられる。

「……井田。俺、再試験、絶対に合格するよ」

すでに辺りは暗くなり、気温も一層落ち始めていた。青木は体についた雪を払いもせず井田を見つめる。

「合格したら、お前に聞いてほしいことがあるんだ」

「なにを?」

きょとんと聞き返され、青木は「だから合格したらちゃんと言うって!」と帽子をかぶり直した。その時、スピーカーからポーンと音が鳴り、イエティコーチの声が響き渡る。

『Dクラスに告げる。これより再試験を始める。リフトの前に集合しなさい』

「青木くん、行こう」

離れたところから橋下さんが呼びかけてきた。覚悟を決めたその顔にこくりとうなずきを返した青木は、「行ってくる」とストックを雪原に突き刺した。

もう逃げない。自分の弱さからも、自分の想いからも。ちゃんと真正面から、井田にぶつかるんだ。

——たとえ、それで傷つく結果になったとしても……。

「頑張れ、青木。お前ならやれる」

井田の声援に、青木は「おう」と高く手を上げた。

再試験を終え、ホテルに戻ると、ロビーのソファーに井田と相多が座っていた。青木たちの姿に気づいた二人は、「おーい」と手を上げ駆け寄ってくる。

「どうだった？」

わくわくした様子で相多が尋ねる。相多もその隣に立つ井田も、青木たちがぐっと親指を突き立て、「合格した」と言う以外の反応を予想していない。

青木はそんな二人から視線を逸らし、暗い顔で結果を告げる。

「駄目だった……」

「……駄目？」

井田も相多もとまどいを隠せていなかった。二人の表情は、「いや、ここは合格する流れじゃん」と雄弁に語っている。

その通りだと、青木も思う。合格を携え、井田に堂々と告白する予定だったのに……。

「壊滅的にセンスがないって。せっかく教えてくれたのに、ごめんね……」

そう肩を落とした橋下さんに、青木はそっと身を寄せた。

「俺たち、一生Dクラスとして生きていくよ……」

俺たちは負け犬。大事なところで決められない人生の敗北者。修学旅行をエンジョイする同級生を横目に、プルプル震えているのがお似合いなんだ……。

「橋下さん。パッサパサのむね肉、食いにいこうぜ……」

そして夜は不吉な部屋で悪夢にうなされよう。もしかしたら俺たちは、朝日を再び拝むことができないかもしれない……。

絶望にうなだれながら立ち去ろうとすると、井田がぽつりとつぶやいた。

「抜け出すか、こんなところ」

予想外の言葉に、青木は「へ？」と声を上げる。

「な、なに馬鹿なこと言ってんだよ？」

「本気だ」

確かに本気の顔である。「いいね、井田！　ナイスアイディア」と相多がはしゃいだ。

「どうしたんだよ、井田。いつもの真面目(まじめ)なお前はどこへ行った？　あっくんの悪影響か？」

「喧嘩(けんか)売ってんのか？」

相多が顔をしかめる。

「青木たちは全力で取り組んだ。それなのにうまく滑れないからって不当に扱われるのはおかしい。スキーの技術だけで人を判断するなんて変だ」

毅然(きぜん)とした井田の口ぶりに、胸がキュンとときめいた。俺たちの努力、井田はちゃんとわかってくれているんだ……。

「そうだよ。みんなでエスケープしようぜ。麓の方に二十四時間営業のファミレスがあったじゃん。とりあえず、そこ行こ」

相多は完全に乗り気だ。「でも」と青木は橋下さんと目を見合わせる。——そんなことをしたら、イエティコーチや教師陣にめちゃくちゃ怒られるのでは？

「いいから、いいから」

相多にぐいぐいと背を押され、ホテルの外へ出る。途端、眼前に満天の星空が広がった。冷たい空気の中、星の輝きは鮮明で、まるで夜空に宝石が浮かんでいるかのようだ。

「わぁー、きれい……」

思わずというように橋下さんがつぶやいた。青木も「あぁ」と感嘆の声をもらす。試験中は滑ることで頭がいっぱいで、この景色に気づけなかった。

「……行っちゃおうよ、橋下さん」

チカチカと瞬く無数の星を見上げていると、すべてが些細なことに思えてきた。怒られることぐらい、なんだ。

「そうだね。行っちゃおう」

橋下さんは大きくうなずいた。

青木たちはマップを頼りに山を下っていった。歩くたび、踏みしめられた雪がサクサクと小気味好い音を立てる。

「ところであっくん。彼女のこと、置いていっていいの？　心配するんじゃね？」

ふと気にかかって尋ねると、相多は「そうだ。聞いてくれよ」と青木たちの顔を見回した。

「俺ら、もう別れたから」

「はぁっ!?」

青木は仰天した。つい数時間前まで仲良くスキーをしていたのに、どうしてそんなことに？

「一緒に滑っている時、Dクラスの練習に付き合ってくるって言ったら、なんか向こうが怒りだしてさ。自分が蔑ろにされたと思ったみたい。で、あっさり振られた」

「凄まじい速度で破局したな」

井田の淡々とした突っ込みに、相多は「おう。チーターもブチ抜くぜ」と笑った。

「まぁ、しゃーねーわな。価値観の違いってやつよ」

「あっくん、なんかすまん」

「私たちのために、そんなことになっていたなんて……」

橋下さんは顔を青ざめさせたが、相多は堪えていなさそうな調子で「いいのいいの」と手を振った。

「んなことより、橋下さん。あっちのほう、星がよく見えるんじゃない?」

そう言いつつ橋下さんの背中を押した相多は、青木を振り返るとバチンと片目をつむってみせた。

青木ははっとした。これは恋の先輩(失恋の先輩でもあるが)からのアシストだ!

「おい、井田。こっち来い」

青木は井田の腕を引っ張った。道を外れて森の中に入っていくと、井田は「どこ行くんだ?」と不思議そうにした。

再試験には落ちた。けれど、それでも自分は生まれ変わったのだと証明したい。井田にも、自分自身にも。

「あのさ、合格したら言うっていったこと……やっぱり、どうしてもお前に聞いてほしい。お前にとっちゃ、別にありがたくない話かもしんねーけど……」

立ち止まりそう告げると、井田は「なんだ?」と青木を見返した。降り始めた雪が、ちらちらと視界をよぎる。

「あの件のことなんだけど……」

「あの件?」

「け、消しゴムの件のこと……」

震える声で言うと、井田は少し驚いたような顔をした。青木がその話を蒸し返すとは思っていなかったようだ。

「……た、確かに最初は勘違いだったんだ。だけど……俺、ほんとに……お前が……」

どくどくと心臓が脈打った。小雪が舞っているというのに、体が熱い。

――言え。ちゃんと井田に伝えるんだ、自分の本当の気持ちを。

「俺が？」

ずいと井田の顔が近づき、青木は飛び上がった。――この距離では無理！　恥ずかしすぎる！

「ちょっと待った！」

青木は井田から距離を取ると、木の後ろに身を隠した。――よし。この状態ならなんとか……！

「俺、お前のこと、ほんとに好きになっちゃったんだーっ！」

思いの丈を叫ぶ。――が、風の音と距離があるせいで、井田には青木がなにを言っているのかよく聞き取れなかったようだ。

「遠すぎて聞こえねーよ」

叫び返した井田は、青木のほうへ近づいてくる。

——言え。言え。言うんだ！　青木はぎゅっと目をつむると、思い切って木の陰から飛び出した。

「俺、お前のこと、ほんとに好きになっちゃったんだ——っ！」

言い切り、まぶたを開いた青木は息をのむ。

井田が目の前にいた。白い吐息が顔にかかるほど近くに……。

「来るなぁあっ」

絶叫して後ずさるが、井田はむしろ「ちょっと待て」と距離を縮めてきた。

——無理、マジで無理っ！　心臓が破れる！

「青木！　動くな！」

井田が手を伸ばし迫ってくる。

だから俺に近づくんじゃねぇ！　青木はさらに後ろに下がるが、足を置こうとしたところに地面はなかった。

——崖(がけ)!?

体ががくんと沈み、全身の毛が逆立つような感じがした。

「青木っ！」

身を乗り出した井田が、落ちゆく青木の手をつかんだ。もしも青木が華奢（きゃしゃ）な女子だったなら、ファイト一発、そのまま引き上げられただろう。

だが、青木はそれなりに体格のいい男であった。

結果、井田は重さに耐え切れず、二人そろって落下。

「うおぉぉーっ！」

バスンッと背中に衝撃を感じ、視界が一瞬白くなった。死んだかと思いきや、雪が深く積もっていたおかげか体にそれほど痛みはない。

「井田っ、無事か？」

身を起こした青木の目に飛び込んできた光景……、それは、夢かうつつかまぼろしか――。

ほのかな星明かりに照らされた雪の上、仰向（あおむ）けで目をつむる井田の周りに、小さな羽を生やした巻き毛の天使が二人。

幼児体型な二人は、ムチムチな手で井田の体に触れる。

「パトラーッシュ！　じゃなくて井田ァー!!」

青木は井田の体にしがみつき、天使をシッシッと追い払った。

「あっちいけ！　井田は絶対に召させねーぞっ！」

「なにすんだよ、人間。こっちは仕事してんだぞー」

　天使は天使らしからぬ不満顔でぶぅたれた。青木は両手を広げて井田を守る。

「こいつは駄目だっ！　誰か連れていくというなら、俺を連れていけ！」

　二人の天使は顔を寄せ合い、プーックスクスと青木をあざ笑った。完全に馬鹿にし切った様子に、青木は「ああん？」と眉を上げた。

「君は天国には行けないよ。だって嘘つきは地獄行きだって決まっているもの」

　一方の天使が笑い交じりに言うと、もう一方の天使が続ける。

「今さら正直に告白したって遅いよ。井田くんだって信じないさ。どうせまた嘘だって」

「そんな……」

　青木は井田の体を膝に抱え上げた。閉じられたまぶたについた雪をそっとぬぐう。

「……嫌だよ、井田……。行かないでくれ……」

　もう絶対に嘘なんかつかない。だから神様、どうか井田を連れていかないで――。

「井田ぁ……」

　涙をこぼし、冷たい体にすがりつく。すると、「おい」とあきれたような声がした。

「人を勝手に殺すな」

　しっかりと目を開けた井田に言われ、青木はぽかんとした。

「……生きてる？」

「生きてるよ」

むくりと起き上がった井田の姿に、青木は滂沱の涙を流した。生意気な天使たちはいつの間にか消えている。やはりまぼろしだったのだろうか。

「よかった……。本当によかったぁ。俺、お前が死んだらどうしようかと……」

「そう簡単に死なねぇよ。そんなに高い崖でもなかったし……」

井田の言葉に改めて崖を見上げる。落ちた瞬間はまるで断崖絶壁のように感じたが、確かにせいぜいバレーのネットぐらいの高さだ。

「雪もあったし……」

言いながら後頭部に触れた井田は、「いて」とつぶやいた。その手を見ると、指先が赤く汚れている。

「血ぃっ！」

顔面を蒼白にした青木は、「死ぬな！　しっかりしろ！」と井田の肩を揺さぶった。

「お、落ち着け。たいしたことないから……」

「生きろ！　あきらめちゃ駄目だっ！」

完全にパニックに陥った青木にいっそう激しく揺さぶられ、頭に血が上った井田はくらりと脱力した。

「井田っ、寝るな！　井田ぁーっ！」

「青木、俺は平気だから……」

「――俺、助けを呼んでくるっ」

　青木はすくりと立ち上がった。一刻も早く井田の手当てをしてもらわないと。

「一人じゃ危ない。俺も……」

「いいからお前はじっとしてろ！」

　立ち上がろうとした井田を静止し、雪で覆(おお)われた崖にしがみつく。わずかな突起を頼りに凍りついた斜面を登っていくと、手袋をしていない指先が焼けたように痛んだ。

　だが、そんなことは気にしていられない。――井田を助けられるのは俺しかいないんだ！

　やっとの思いで崖を登り切り、井田を振り返る。

「待ってろよ！　絶対助けに帰ってくるからなっ！」

たっと駆けだした青木の背中を見送り、井田はどさりと雪の上に寝ころんだ。

まったく、青木というやつは……。いつだって思いがけないことをして、そばにいると退屈する暇もない。

『俺、お前のこと、ほんとに好きになっちゃったんだ――っ！』

目をつむり、真っ赤に染まった青木の顔を思い浮かべていると、不思議と寒さは感じなかった。


次に目を開けた時、視界に飛び込んできたのは、橋下さんと相多の姿だった。

「あ、井田くん！」

「おう、大丈夫か？」

井田はベッドから体を起こして辺りを見回した。どうやらホテルの救護室のようだ。

「生きててよかったぁ」

胸をなでおろす二人に、井田は「心配かけてごめん」と頭を下げる。

話を聞くと、二人は井田たちと離れた直後、巡回中の教師につかまり、早々にホテルに連れ戻されていたそうだ。井田と青木がイエティコーチに保護されたのは、そのあとのことらしい。

「そりゃもう、しこたま叱(しか)られたぜ。冷静に考えると、かなり無茶なことしたよなー、俺ら」

「本当にな」

言いながら視線を巡らせるが、青木の姿がどこにも見当たらない。

「青木はどこだ？」

「あぁ、さっきまでここにいたけど、イエティコーチに呼ばれて出ていった」

一人で叱られているのだろうか。心配になってベッドを出ようとしたその時、青木が救護室に入ってきた。なぜか首に『がんばったで賞』と書かれた金色のメダルをぶら下げている。

「おー、青木。こってりしぼられたか？」

「……いや、その逆」

「逆？」

首をかしげた井田に、青木はなにがあったかを語り始めた。

救援を呼びに行った時のこと——。雪に足を取られながらも先を急ぐ青木は、縦に真っ二つに割れた丸太を見つけた。

——これだっ！

井田の危機を前にし、発想力も運動能力も限界を突破していた。そばに落ちていた枝を拾い上げた青木は、枝をストック代わりに、丸太をスキー板の代わりにして、凍りついた雪原を滑った。

恐れることなく、ただ真っすぐに——。それが青木の魂の滑りだった。井田を救いたいという一心で滑ったその軌跡に、迷いは寸分も存在しない。

そんな青木の姿を見つけたのが、見回りのためスノーモービルを走らせていたイエティコーチであった。

「怒られるかと思ったら、感動したってほめられて、一緒に世界を目指そうって言われて、これもらった……」

青い顔でメダルを持ち上げると、橋下さんは「すごーい」と手を合わせた。「やればできるんだな、お前」と、相多が青木の肩をたたく。

「いや、俺はただ井田を助けたかっただけで……」

もごもごと言った青木は、井田の視線を感じてはっとして口をつぐんだ。なんだかとてつもなく恥ずかしいことを言ったような気がする。

むずがゆい二人の気配を敏感に察知――。相多と橋下さんは、にんまり笑った。

「じゃ、俺ら飲み物買いに行ってくるわ。行こ、橋下さん」

「そうだね、相多くん」

息を合わせたように救護室から出ていく二人の背中に青木は手を伸ばした。――待って！　気を利かせないで！　井田と二人きりにしないで！

しかし無情にも扉はバタンと閉められた。残された青木は、迷った末にベッドの横の椅子に腰かける。

「……怪我させて悪かった。お前の修学旅行、めちゃくちゃにしちゃったな……」

自分のやることは、どうしてこうなにもかもが裏目に出てしまうのだろう。井田に迷惑をかけてばかりだ。

「たいした怪我じゃない。落ち込むなよ」

穏やかに井田が言う。その優しさが余計に心に刺さった。――なんてできたやつだ。それに比べて俺は……。

「井田、これはお前のものだ」

青木がメダルを差し出すと、井田は少し困惑して、「青木がもらったんだろ」とそっと押し返した。

「俺は受け取れない。お前にいっぱい迷惑かけたから……」

「だから、青木のせいじゃないって」

「今日のことだけじゃないんだ。消しゴムだってほんとはアイダって書いてあったんだぜ……」

「え……そんな初っ端から間違ってたのかよ……」

――そう。最初はただの間違いだった。青木はメダルをサイドテーブルに置き、震える膝をぐっと押さえる。

「でも、お前は真剣に考えてくれてさ……。いいやつだなとか思っちゃうし……俺、あの時失恋したてだったから、お前の優しさが異常にしみちゃって……」

真面目で、頼りがいがあって、優しくて、でも変に鈍いところがあって、妙に大胆で……。井田を知るうち、どんどん惹かれていった。

「今さら信じてもらえないかもしれないけど、……俺、ほんとにお前のことが好きなんだ……」

やっと言えた。嘘偽りのない、真実の想いを――。

青木は深く息を吐いた。これで本当に終わりだ。今度こそ、気持ちにちゃんと区切りをつけないと……。

「……ひと思いに振ってくれ。それでもう迷惑はかけねーから」

青木はぎゅっと目をつむり、その時を待った。

井田が吐息をもらした気配がした。直後、首に重みを感じ、青木は恐る恐る目を開ける。

金色のメダルが自分の胸でキラキラと輝いていた。『がんばったで賞』――。

「大丈夫。お前が本気なのは、十分伝わった」

「……うん」

青木はメダルに触れた。その言葉だけで十分に報われた気がした。あとはもう、なにを言われてもきっと受け入れられる。

「……じゃあ、付き合ってみるか」

その瞬間、確かに時が止まった。

「……は？」

青木はがばりと顔を上げた。――はぁ!?

「な、何言ってんのお前……？」

「だから付き合ってみるかって」

井田はあくまで真面目な顔をしていた。青木は腰を浮かせ、おろおろと井田の後頭部をのぞきこむ。

「まさか、頭を打ったせいで脳が……」

「失礼なやつだな」

そう言った井田は、照れたように頭に手をやると、

「こんだけ好きって言われたら、そりゃあ俺だってうれしいし……」

……え？　え？　嘘……。うれしいって……それって……。

「お前、俺のこと好きなの――!?」

青木は床を蹴らんばかりの勢いで立ち上がった。しかし井田はしれっと、

「好きかはわからん」

「――はぁ!?」

もはや怒りがわいていた。――マジでなんなの、こいつ。まさかノリで付き合おうって言ってる？　頭、あっくんかよ。

「好きというか、なんか俺、お前のことがほっとけなくて……」

「なんだよ、それ！　意味わかんねぇっ！　真剣に考えてくれたんじゃなかったのかよ!?」

「もちろん考えた。考えた結果、わからないということがわかったんだ」

堂々たる口ぶりに、青木は言葉を失った。こいつ、どんな腹のくくり方してんだ⁉

「そもそも人を好きになったことがないし、比較対象がないことにはなんとも……」

「……お前、実は割とアホだろ」

ため息まじりに言うと、井田は「かもな」とあっさり受け入れた。

青木は脱力して椅子に座り直した。うじうじと悩んでいた自分が馬鹿らしくなってくる。

「青木に真剣に好きだって言われて、応えたいなって思った。でもどうしてそう感じるのか、自分でもまだよくわからない。答えを知りたいけれど……友達のままではそこにたどりつけない気がする……」

井田は上目遣いで青木の顔をのぞきこんだ。

「そういう理由で、お前と付き合うのは駄目か？」

……なんだよ。その「よし」を待つ子犬みたいな目は。そんな目で見たって、そんな目で見たって――。

「……駄目じゃねーけど」

惚(ほ)れた弱みだ。こんなふうに言われて、駄目と言えるわけがない。青木のぼそりとしたつぶやきに、井田はふっと笑みを浮かべた。

「おう、これからよろしくな」

頭をポンとたたかれ、青木は「よろしく」とうなずいた。

ふわふわと浮かれるようなうれしさと、わずかな不安を感じながら――。


その後、修学旅行はCクラスによるホテル籠城事件、AクラスとBクラスの有志による校長雪だるま化事件など、数々の波乱万丈を経て終了した。

修学旅行に自由と愛を――。

団結した生徒たちの反逆と、スパルタを悪しきとする時代の流れ、そして「やっぱ受験にスキーは関係なくね？」という学校側の気づきにより、翌年からは旅行先が沖縄に変わったのだが、それはまた別のお話である。

8

　昼休み、屋上。

　弁当の包みを抱えて座り込む青木は、コンクリートの冷たさにもぞもぞと尻を動かした。十二月に入り、寒さが堪える気温になってきた。

「青木」

　出入り口から聞こえた声に、どきりと心臓が跳ねた。パンと飲み物を持った井田が近づいてくる。

「待たせて悪い。購買、混んでた」

　おう、と答えると、井田は青木の隣に座り、青木が抱える弁当の包みに目をやった。

「青木は今日、弁当か」

「うん、まぁ……」

　そう言うだけで精いっぱいだったが、腹は口より雄弁である。ぐぅー、と青木の腹から響いた巨大な音に、井田は軽く噴き出した。

「腹減ったよな。さっさと食おうぜ」

「……おう」

　青木はプルプルと震えながら弁当の包みをほどいた。恥ずかしいのは腹が鳴ったことだけではない。井田と二人、示し合わせて屋上で飯を食う。このいかにもカップルらしい状況自体が恥ずかしいのだ。

　――信じられない。まさか俺と井田が付き合うことになるなんて……。

　本当に現実なのだろうか。もしかして自分はまだ、スキー場の崖下にいるのではないだろうか。これは落下して頭を打った男が走馬灯代わりに見る、幸福な夢……。

　だとしたら、永遠に覚めないでくれ。すんと鼻を鳴らした青木の顔を井田がのぞきこむ。

「寒い？」

「そ、そりゃあな。北海道よかマシだけど……」

「次から教室で食うか」

　さらりと言われ、青木はぎょっと箸を落とした。

「ぜぇったいに、嫌だ！」

「なんで？」

「なんでって、俺らが急に二人でメシ食いだしたら、クラスのやつらに変に思われるだろっ」

青木は男で井田も男。この関係、余人に悟られるわけには絶対にいかない。余計な関心を引くような真似は慎むべきだ。

「気にしすぎじゃねーの？」

「お前が気にしなさすぎなんだよ」

おおらかというかのんきというか、どうやら井田のほうは、自分たちの関係を隠そうとする意識は薄いとみえる。

ならばその分、俺がしっかり気を引き締めなければ。青木はぎゅっと膝を抱えた。

「屋上のままでいいじゃん。二人でゆっくり話せて楽しいし……」

「……それもそうだな」

井田はふと腰を浮かせた。なにをするかと思いきや、「よいしょ」と青木の体に密着して座り直す。

——近っ！

「急になに⁉」

赤面した青木に、井田は超至近距離から「寒いから」と返した。

「……ア、ソウデスカ……」

恥ずかしいやら、平然とした様子が恨めしいやらで、青木は自分の膝に顔をうずめた。井田とくっついた箇所が、温かいを通り越して熱く感じる。

俺で暖を取るな。いや、べつにいいんだけど……。全然いいのですけども……。

「……そういやさ、青木は俺と付き合ってなにがしたいんだ？」

「へ？」

顔を上げると、井田は腕を組んで考えこむようにしていた。

「付き合うといってもなにをするのか、いまいちわからないんだよ。俺、誰かと付き合うの初めてだし……」

「俺だってそうだよ」

初心者二人、そろって首をかしげる。付き合ったらすることってなんだ……？

その時、青木の頭に浮かんだのは、恋人ができた男子高校生なら誰もがちらりとは夢想するような、しかしお昼のお茶の間には決して流せないような映像であった。

「ウワァァッ！」

青木は顔を覆った。――ウソウソ、そんなこと望んでいないっ。そもそも告白が受け入れられるとも思ってなかったし……！

悶絶し、ゴロゴロとコンクリートの床を転がる青木を井田は不思議そうに見下ろした。

「その反応はなにかあるのか」

「ないないないっ！　全然ないっ！」

手すりにめりこむ勢いで身を引いた青木は、ふとあることを思い出し、「いや、待て」と顎に手を当てた。

「実は俺、お前と行きたいところがあって……」

「行きたいところ？」

青木が「あのな」と身を乗り出した、その時――。

「井田、ここにいたのか！」

出入り口から姿を現したのは、バレー部の部長だった。青木が慌てて井田から距離を取ると、部長は背後を振り返り、「みんな、こっちだ！」と叫ぶ。

「おう、見つけたか」

階段を上がってぞろぞろとやって来たのは、武地に市井、豊田など、バレー部二年の面々だった。

「何事？」

困惑する青木を前に、ずらりと並んだバレー部一同はクラッカーを掲げた。

「せーのっ！」

部長が声を上げる。——パァーンッ！

祝砲が鳴り響き、色とりどりのテープが舞い踊った。バレー部は声を合わせ、

「井田、青木、おめでとう！」

「……は？」

頭にかかったテープを払いもせず、青木は居並ぶ顔を見渡した。そろいもそろって生温い笑みを浮かべている。

「青木。井田から聞いた時はびっくりしたけど、俺ら応援するぜ。お幸せにな」

「井田のこと、よろしく頼むな」

「……は？」

ぎこぎこと首を回して隣を見ると、井田は気まずげに首の後ろをかいていた。

「それでは邪魔者は去りますので、あとはごゆっくり。——行くぞ、みんな」

部長の号令に従い、バレー部は屋上から去っていった。青木の頭に残された金色テープが、風に吹かれてチロチロとはためく。

「お前……まさかあいつらに話したの？」

震える声で尋ねると、井田はうなずいた。

「最近、俺が昼食の誘いを断るから、あいつら不思議に思ったみたいで……」

『なんだよ、井田。最近、付き合い悪りーじゃん。お前、どこでメシ食ってんの？』

『あぁ、屋上で青木と食ってる』

『二人で？　お前らそんな仲良かったっけ？』

『付き合い始めたから、俺たち』


「――って、話した。まさか、こんな盛大に祝われるとは……」

青木は信じられない思いで井田を見た。

「な……なんでそんな馬鹿正直に言っちゃったわけ……？」

「仲間にはちゃんと報告したほうがいいと思って……」

青木は頭を抱えた。――この大真面目(おおまじめ)がっ……！

「そんなに焦ることか？　お前だって相多(あいだ)や橋下(はしもと)さんには話したんだろ？」

なにもわかっていなさそうな井田の様子に、青木はピキリと額の血管を浮き上がらせた。

　確かに二人には話した。井田と付き合うことになったと伝えた。だが――。

「あっくんや橋下さんはそもそも俺がお前を好きだって知ってたし！　それだって俺が好き好んでバラしたわけじゃねーし！」

　橋下さんには言うしかない状況だったし、相多は自ら気づいただけだ。自分からあっけらかんとばらすような真似はしていない。

「どうすんだよ！　トス上げてもらえなくなったり、ハブられたりしたら！」

　男同士の恋愛をやすやすと受け入れてくれるやつばかりではないだろう。遠巻きにされるようなことだってありえるかもしれない。

「そんなやつらじゃない」

「……あ」

　自分がなにを言ったか自覚し、青木は口に手をやった。顔からさあっと血の気が引いていく。

　井田は決して怒っていなかった。けれど、悲しんではいた。

「付き合ったこと、勝手に話してすまなかった。でも、本当にそういうやつらじゃないんだ。さっきのも馬鹿にしにきたわけじゃなくて、本気で祝おうと……」

「いや、井田、待て」

青木はがばりと頭を下げた。

「こっちこそごめん。お前の友達なのに、ひどいこと言った……」

二年間一緒にやってきた大切な仲間を指して、あいつらは信用できないと言ったも同然だ。井田は小さく息をつく。

「……あいつらには、冗談だってちゃんと誤魔化しておくから」

「……うん」

合わせる顔がなく、頭を上げられなかった。うつむいたままの青木の頭から、井田はそっとテープを取る。

「それで……行きたいところって?」

「……それは……えっと……」

「言えよ。青木が俺と行きたいところなら、俺も行きたい」

言いよどむ青木を安心させるためにか、井田は微笑み、そう言った。


「ほら、これ」

その週の休日。映画館に井田を連れてきた青木は、場外に貼ってあったポスターを指差した。

『マメシバウォーズ～赤き騎士と黒の戦士～』

そう書かれたタイトルの下には、ベロンと舌を出した豆柴（まめしば）が大きく写っている。

「お前、前に言ってただろ。豆柴っぽい犬飼ってるって」

豆太郎（まめたろう）という名だそうだ。中学のころ、道端に捨てられていたのを憐（あわ）れに思った井田が、家に連れ帰りそのまま飼いだしたらしい。

「この映画、アクションが良いって評判だからさ、井田と一緒に観れたらなーって思っていたわけよ」

「すごい。豆太郎にそっくりだ」

井田の表情がわかりやすく輝いた。予想以上のリアクションに、青木はほっと胸をなでおろす。――いいぞ。つかみは上々だ。

「で、観終わったらワスバーガー行こうぜ。今週、ポテト無料で増量だって」

交際中の二人が休日に出かける。つまり、デートだ。

井田に約束を取りつけて以来、青木は初デートのプランを練（ね）りに練った。寝る間を惜しみ、授業そっちのけで（教師にめちゃくちゃ怒られた）、考え抜いたその結果――。

手に汗握るアクション映画。その余韻（よいん）に浸りながら、しょっぱいポテトをコーラで流しこむ。

これが交際経験ゼロ、高二男子青木が導き出した、最強のデートプランである。

青木はひそかにこぶしを握った。今日という日は絶対に外せない。完璧なエスコートを披露し、失った信頼を取り戻すのだ。

「んで、時間が余ったらゲーセンとか、バッティングセンターとか……」

わくわくと予定を語っていると、井田がふっ、と息をもらすように笑った。

「……な、なんだよ？」

「いろいろ考えてくれたんだなと思って……ありがとうな」

笑顔を向けられ、青木はぐっと息をのんだ。そりゃあもう頭がゆで上がるほど考えた。しかし、その努力を見透かされたくないのが男心というもの。

「いいから行くぞっ」

顔を真っ赤にした青木は、井田の腕を引っ張った。

『マメシバウォーズ』は傑作であった。

緻密なCGと実写を組み合わせた大迫力のアクション、赤柴王国と黒柴帝国の栄枯盛衰に合わせて父子の相克を描いた骨太な物語、主人公のポチをはじめとする豆柴たちの確かな演技力……。おそらく今年の映画賞は、愛くるしい豆柴たちがペロペロ総なめにするだろう。

「まさか、ラスボスがポチの父親だったとは……。すっかり騙されたよな」

井田のつぶやきに、青木はポテトをつまみながらうんうんとうなずく。

「思えば、尻尾が二匹だけ左巻きなのが伏線だったんだよなぁ」

映画は当たりだった。感想戦も盛り上がっている。楽しい。めちゃくちゃ楽しい。だが、青木の頭にはある疑念がわいていた。

――これって本当に、デートなのか？

映画を観て、ダベりながら飯を食う。思えばこんなの、今まで友達と何度も経験してきたことだ。相多とだってしたことある。

井田の反応を見る限り、映画を楽しんだのは間違いない。でもきっと、隣に座っていたのが青木でなくとも、井田は同じように満足したのだろう。

やっぱり食事はおしゃれなカフェとかのほうが良かったのでは？　フッワフワのパンケーキが食べられるような……。映画だって、アクションではなくラブストーリーのほうがデートっぽい雰囲気になったかもしれない。

完璧だと思っていたプランが、急に陳腐に思えてきた。デートって、付き合うって、こういうものなのだろうか。なにかが違うような気がしてならない。

「なぁ、この後どうする？」

井田に聞かれ、青木は「えっと……」と視線を彷徨わせた。予定ではゲーセンかバッティングセンターと思っていたのだが、それでは本当に友達と遊ぶ休日と変わらなくなってしまう。

もっとこう……自然と距離が縮まるような、お互いをほんのり意識するような、ロマンティックな場所はないものか。

「ウチくるか？」

「えっ？」

青木は持っていたコーラのカップをぐしゃりと握りつぶした。井田の……家だって？

「前に言ってたじゃん。豆太郎に会ってみたいって」

「言ったけど……えっ……マジでいいの？」

「おう。今日はちょうど、家に親いねぇし」

平然とした顔で言われ、青木はひゅっと息を吸い込んだ。コーラが喉に逆流し、ゲホゲホと咳き込む。

「大丈夫か？」

井田にナプキンを渡され、青木は「だ、大丈夫」と口をぬぐった。

わかっている。井田のことだ。深い意味なんてこれっぽちもなく、言葉通り犬に会いに来たら？　と誘っているだけだ。でもっ……！

青木はごくりと生唾（なまつば）をのんだ。――いや、やましい気持ちなんて全然ない。一切ない。誓ってない。それでも……。

「そ、それじゃあ、お邪魔します……」

もしかしたら、ほんの少しぐらいは恋人めいたなにかが起こるかもしれない。そんな期待を抱くぐらいは、許してほしい。


「あれが俺ん家（ち）」

井田が指したのは、木造の門を構えた古風なたたずまいの邸宅だった。質実剛健（しつじつごうけん）という感じで、当然というべきか、井田にしっくり似合っている。

「ご立派なお宅で」

「古いだけだよ」

井田が門に手をかけると、内側からワンワンと犬の鳴き声が聞こえた。豆太郎が主人の帰りを待ちわびているのだろう。

「豆太郎、俺と仲良くしてくれるかなぁ。俺、動物にあんまり好かれねぇんだよ」

青木のほうは動物好きなのだが、なぜか動物のほうは青木を好いてくれない。小学校で生き物係を務めた時は、飼育小屋のウサギに餌をやるたび噛みつかれ、掃除をするたび小便を引っかけられたものだ。

「豆太郎は利口だから、青木がいいやつだってすぐにわかってくれると思う。――ただいま、豆太郎」

井田が敷地に入ると、その足元に小柄な犬が元気いっぱいに飛びついてきた。くるんと巻いた尻尾を揺らした豆太郎は、ふんすふんすと井田のズボンの裾に鼻先を突っ込む。

「うわーっ、めっちゃ可愛いなぁー」

茶っぽい毛色も顔立ちも、映画に出たポチにそっくりだ。しゃがみこんだ青木は、笑みを浮かべて豆太郎に手を伸ばす。

「よろしくな、豆太郎」

その瞬間、豆太郎は愛くるしい顔をゆがめ、般若のごとく牙をむき出しにした。――ギャワンッ!

「うわぁっ！」

飛びかかられ、尻もちをついた青木から、豆太郎はスニーカーをぶん捕った。唸りながら獲物を振り回す豆太郎を「こら、やめろ」と井田が諫める。

しかし豆太郎は聞かない。スニーカーを取り戻そうとする井田の手を避け、たっと駆け出した。

「駄目だ！　返しなさい！」

追いかける井田。逃げる豆太郎。ひっくり返ったまま「俺のおニューがっ！」と叫ぶ青木。

——その後、井田が苦労して取り戻したスニーカーは、豆太郎のよだれでびちゃびちゃに濡れていた。

「すまん、青木。普段はああいうことをする犬じゃないんだが……」

「いいよ。靴なんてどうせすぐに汚れるもんだし……」

犬のしたことに腹を立ててもしょうがないし、正直、スニーカーのことなど気にしていられる余裕もなかった。ドキドキと胸を高鳴らせる青木は、井田に続いて階段を上がる。

「ここが俺の部屋」

井田が扉を開けた。現れたのはフローリングの洋間である。色味も家具もシンプルにまとまっていて、散らかり気味の青木の部屋とは違い、きちんと整頓されていた。

「適当に座っててくれ。飲み物取ってくる。お茶でいいか？」

「おー、サンキュ」

井田が立ち去り、青木は部屋をそわそわと見回した。さて、どこに座るべきだろうか。相多の部屋ならばベッドのそば一択だ。遠慮なくマットレスに寄りかかるし、なんだったらベッドに上がって寝転がりもする。

だが、井田の部屋でそんな振る舞いができるわけない。

迷った末、テーブルを前にしてこぢんまりと膝を抱える。井田が毎日寝たり勉強したりしている場所にいるのだと思うと、気分が落ち着かなかった。

ちらりとベッドの下をのぞいてみる。その時、ガチャリと扉が開き、青木は飛び上がった。

「なにもしてないからっ！」

焦る青木を気にすることなく、「どうぞ」とテーブルにお茶の入ったコップを置いた井田は、青木の隣に腰を下ろした。

「あ、どうも……」

訪れた沈黙に鼓動が早くなった。ただお茶を飲んでいるだけだというのに、井田の部屋というシチュエーションが、否応なしに緊張感を高まらせる。

――駄目だ。この空気、耐えられない。

「……テ……テレビつけていい？」

そう尋ねると、井田はリモコンを渡してきた。

テレビの電源を入れる。画面に映ったのは、どこかのビル街に設置された巨大なクリスマスツリーだ。ツリーの下に立つ人気女優がスイッチを押すと、パッとカラフルな電飾が点灯し、アナウンサーによるナレーションが入った。

『こちらは昨夜に行われた点灯式の様子です。女優の新田ユイさんが……』

――そうだ。クリスマス……！　恋人たちの聖なる日が、もうすぐやってくる。

去年のクリスマスは、姉夫婦が営むパティスリーでケーキ販売のアルバイトをした。今年も頼むと言われていたのだが、断りを入れるしかないだろう。なにせ自分は、もはやさみしい独り身ではないのだから。

へへっ、と青木は鼻をこすった。――まいったな。クリスマスに予定があるなんて言ったら、姉ちゃん、絶対詮索してくる。なんて誤魔化そうかな……。

「あのさ、井田。クリスマスのことなんだけど……」

「あー、俺は普通に部活だな。イブも当日も」

「あ、そう……」

当然のように言われ、青木はがっくりと肩を落とした。どうやら今年も寒空の下、いちゃつくカップルを横目に「いらっしゃい、いらっしゃい」とベルを振るしかないようだ。

「青木はクリスマス、なにか予定があるのか?」

聞き返され、青木はため息をついた。ったく、人の気も知らないで……。

「俺は今年もバイトだわ。前に話したろ。姉ちゃんがケーキ屋さんをやっているって。クリスマス時期は外にも売り場を作るから、そこの売り子」

「……ふぅん」

点灯式の映像が終わり、話題のラーメン店を紹介するコーナーが始まった。映し出されたとんこつラーメンを観て、井田は「うまそうだな」とつぶやく。クリスマスのことなんて、もうこれっぽっちも考えていなさそうだ。

別に部活より自分を優先してほしいなんて思わない。けれど……。

青木と一緒にクリスマスを過ごせなくて残念だ、みたいな気持ちさえ、井田は一ミリも持ち合わせていないのだろうか。

……ないんだろうな、きっと。

テレビを眺める井田の顔から目を逸らし、青木は膝を抱え直す。だって井田は別に、俺のこと好きなわけじゃねーもん……。

『好きかはわからん』

救護室で言われた言葉が、今さらながら重くのしかかってきた。青木が井田に向ける気持ちと、井田が青木に向ける気持ちは、向きも重さも決して同じではないのだ。

「青木？」

下からのぞきこまれ、青木はびくりと肩を揺らした。

「寒いか？　暖房の温度上げるか？」

「へ、平気！　――あのゲーム機！」

青木はテレビ台に近づいた。小学生時代によく遊んだゲーム機が、懐かしのソフトとともに納まっている。

「俺も持ってた。なぁ、これ、やろうぜ」

「いいけど……」

ゲーム機を引っぱり出してセッティングする。入れたソフトは小学生のころに大流行した格闘ゲームだ。

「俺、このゲームめっちゃ得意。やられて泣き面（つら）かくなよ」

青木は井田にコントローラーを渡した。

格ゲー……。恋人同士のロマンチックさとはかけ離れた遊びだ。結局自分から友達の空気感に逃げこんでしまったわけだが、どうしようもない。いきなり自室で二人きりはハードルが高すぎる。ゲームでもしていないと間が持たない。

青木が選んだマッチョな軍人キャラと、井田が選んだカンフー服を着た老人キャラが、バトルステージで向き合った。――ファイッ！

戦いのゴングが鳴り響き、そして――。

ローキックローキック、回し蹴（げ）りからのアッパー、浮き上がったボディに連続掌打（しょうだ）。からの上下右下左XY！

『超必殺！　竜王流水咆哮拳（りゅうおうりゅうすいほうこうけん）ッ！』

井田が操る老人キャラが、青木が操る軍人キャラをボコボコにして吹き飛ばした。青木側のゲージは一気にゼロになる。

『――ウィナー、チャッキー・チェン！』

「そんな……」

老人が鶴を模したような勝利のポーズを決めるのを、青木は口を開けて眺めた。

五試合連続の敗北であった。——信じられない。小学生時代、無敵の覇王と崇められたこの俺が、ここまで無様に負けるなんて……。

井田がふはっ、と噴き出した。青木のぼう然自失ぶりが、よほどおかしかったらしい。

「この野郎、余裕ぶりやがって……」

ジトリとねめつけると、「すまん、つい」と井田は笑んだまま謝った。青木はずいと井田にコントローラーを差し出す。ゲームのおかげで緊張はだいぶ和らいでいた。

「おい、コントローラー交換してもう一戦だ。俺、2Pのほうが調子出るから」

「どっちだって一緒だろ」

「全然違うんだよっ。いいから貸せって」

青木は鼻息を荒くして井田のコントローラーを奪おうとした。しかし井田はひょいと青木の手をかわすと、

「いやだ」

井田の表情にはからかいの色があった。青木はぐぬぬと眉根を寄せる。なんだよ。ついさっき、どっちだって一緒だと言ったくせに……。

「貸せったら！」

青木がますますムキになってコントローラーに手を伸ばすと、井田は珍しく、ははは と声を立てて笑った。

「子供かよ」

「そっちこそ大人げないぞ！　コントローラーぐらい交換してくれてもいいじゃん！」

身を乗り出した青木の足がテーブルにぶつかる。その衝撃でコップが倒れ、中に入っていたお茶が井田のスウェットにかかった。

「あっ、ごめん」

慌ててティッシュに手を伸ばした青木の横で、井田は「いいよ。着替えるから」と躊躇(ちゅうちょ)なくスウェットの裾(すそ)に手をかける。

バレーで鍛えられた腹筋がちらりとのぞき、青木はぎょっとした。

「――おいっ！」

突然の叫びに、井田は驚いたように動きを止める。

「ど、どうした?」

「どうしたじゃねーっ！　慎(つつし)みを持て！　さっさと腹をしまえ！」

「つ……慎み?」

「俺がいる前で脱ぐなって言ってんだよ！　みだりに肌を見せるんじゃない！」

青木は床に突っ伏すと、パーカーのフードを下げて己の視界を塞いだ。――井田の馬鹿野郎。自分を好きな男の前で着替えようとするなんて、あまりに無防備だ。

「早く着替えを済ませろ！」

「……あ、あぁ。すまん」

井田がスウェットを脱いだ気配がした。続いてクローゼットの扉が開く音が聞こえる。

「着たか？」

床に伏せたまま聞くと、「まだ待て」と言われる。じっと身を伏せ続けていると、今度はクローゼットが閉まる音が聞こえた。

「もう着た？」

「まだだな」

暗闇の中、青木は関数の公式を唱え、懸命に煩悩を追い払った。しかし、いくら待っても井田から声はかからない。落ち着かなさにもぞもぞと体を動かすと、ククッと笑いを抑えるような声が聞こえた。

……ん？

疑念が浮かび、青木は指の間からちらりと井田を盗み見た。スウェットを着込んだ井田は、優雅にお茶を飲んでいる。

「着てるじゃん！」

がばりと身を起こして言うと、井田はこらえ切れないというように笑いだした。

腹を抱えて肩を揺らす。普段はローテンションな井田が、こんなふうに大笑いするのを見るのは初めてだ。

井田の笑みを見るたび、青木の心にはいつも喜びが灯った。けれど、今は違う。こみ上げたのは悲しみだ。

「――馬鹿にすんなっ」

すくりと立ち上がった青木は井田を見据える。目に涙が溜まっていく感覚があった。

「こっちは真剣なのに……俺をからかうのが、そんなに楽しいかよ！」

井田を前にすると、青木はいつもいっぱいいっぱいになる。それなのに井田はどんな時でも余裕綽々で、それどころか動揺する自分をこんなふうに面白がって……。

「お前、本気で俺と付き合う気ないだろ。だからそんなことできるんだ……」

結局のところ、そこなのだ。井田が青木と付き合っているのは、青木を憐れに思ったからに過ぎない。

道端で雨に濡れる豆太郎を拾った時と同じだ。かわいそうでほうっておけないから、青木を受け入れた。

それは「好き」とは別の感情だ。付き合うといったって、井田は友達の延長ぐらいにしかとらえていない。

呆気にとられたように青木を見上げていた井田が、ぽつりとつぶやく。

「……悪い」

「否定しねーのな……」

うつむいた青木は、「出ていけよ」と扉を指差した。井田は「あの」と口ごもる。

「……ここ、俺ん家だけど……」

「――帰るっ！」

青木は部屋を飛び出した。「待て」と呼びかけられるが、足を止めることなく階段を下りる。

「青木、悪かった」

井田は靴を履こうとする青木の肩をつかんだ。

井田は優しい。けれど青木は、優しくしてほしいわけじゃないし、謝ってほしいのでもない。

本当にほしいものはきっと、どんなにあがいても手に入らない。

「おじゃましました！」

井田の手を振り落とすようにして家から出ていく。玄関先に姿を現した豆太郎が、フゥンと、物々しい雰囲気にとまどったような鳴き声をもらした。

「青木！」

「追ってくんな！」

振り返らず、青木は門から出ていった。

「――で、それ以来ろくに口も利いていないと」

リモコンをいじる相多が、あきれたように言った。

翌週の放課後。駅近くのカラオケボックス。

ソファーに腰かけた青木は、生気のない顔でタンバリンを抱えていた。

「アホだなぁ。意地張ってないで早く仲直りしろよ。クリスマス、一緒に過ごしたいだろ?」

「クリスマス、バレー部は部活だって……」

ぐすんと鼻を鳴らした青木は、力なくソファーに横たわった。

「そうじゃなくたって、どうせ向こうは俺とクリスマスを祝いたいなんて思ってないんだ。

ん」

井田はほっとけないからって俺と付き合っているだけで、別に俺のこと好きじゃねーも

井田の根っこにあるのは恋ではなく、同情なのだ。だから自分たちはこんなにも嚙み合わない。

「マジ？　んな理由で付き合い出したの？　井田って案外チャラいんだな」

「井田はチャラくねぇ！　優しいだけだ！　あっくんと一緒にすんな！」

青木はマイクを手に取り叫んだ。キーンとスピーカーから嫌な音が鳴り、相多は耳を塞ぐ。

「この情緒不安定め。せっかく人が話を聞いてやってるっていうのによ。俺が他人の相談に乗ってる場合じゃないこと、知ってんだろ」

「へ？　どういう意味？」

「あれ？　橋下さんから聞いてない？」

言ってから、相多はしまったというような顔をした。

青木はソファーに座り直して身を乗り出した。橋下さんに関係することならば、知らんぷりはできない。

「もしかして橋下さんとなにかあったの？　まさか……」

青木はごくりと唾をのんだ。橋下さん、まさかついにあっくんに……。

「……実はさ、俺も修学旅行の時……橋下さんから告白されたんだよね……」

相多は言いにくそうに話した。青木と井田を救護室に残していった後のことだという。

「橋下さんっ……！」

感激した青木は、タンバリンをシャンシャンとかき鳴らした。橋下さん、すごい！よく頑張った！でも――。

「駄目だ！　あっくんみたいなやつに、橋下さんはやれん！」

なにせ三泊四日の間に女子と付き合い、別れるような男なのだ。橋下さんの純情は、あっくんにはもったいない。

「お前は橋下さんのお父さんか。つーか、付き合ってねぇよ」

相多はため息まじりに髪をかき上げた。「はぁ？」と青木は立ち上がる。

「まさか橋下さんを振ったのか？　許さないぞ、この野郎！」

それはそれでものすごく腹が立つ。青木はマイクをナイフのように突き出し、相多ににじりよった。

「橋下さんはなぁ、あっくんのことをひたむきに思い続けてきたんだぞ……。それをお前というやつはっ！」

「だから情緒不安定やめろっ！」

相多は青木の頭をパァンとリモコンでたたいた。

「好きだって言われただけで、付き合うとかそういう話にはならなかったの！　とりあえずは現状維持だよ。俺、橋下さんのこと、まだよく知らねーし……」

「なんだよ。珍しく慎重じゃん。関係は付き合ったあとに深めればいいみたいなこと、言ってなかったっけ？」

相多のことだから、ノリで付き合ってしまうことも十分あり得ると思っていたのだが……。

「向こうが軽い気持ちで言ってきたなら、俺だって軽く応えたと思う。けど、橋下さんは本気だろ。さすがの俺も、本気の相手にそれはできないって。ちゃんと真面目に考えてから、答えを出そうと思ったわけ」

「あっくん……」

青木は相多の隣に座ると、ギンと目を見開いてその顔を下からのぞきこんだ。

「それで考えてもよくわからなかったとか言うんだろ？　で、情がわいて、好きでもないのに付き合ってみるかとか言い出すんだろ？　えぇ？」

もはや感情は支離滅裂。信じられるものは一つもなかった。

「だから情緒を安定させろっつうの！」

相多は迫る青木をぐいと押しのけ、そう叫んだ。

9

訪れた十二月二十四日。クリスマスイブ――。

授業を終えた青木は、駅近くにある姉夫婦が営むパティスリーを訪れていた。

「ほんとありがとね、想太。お姉ちゃん、助かっちゃうわー」

姉の千尋が両手を合わせる。「いいよ。どうせ暇だし」と、青木は用意されたサンタの衣装を広げた。

結局、井田と仲直りできないままイブを迎えてしまった。それどころか、口を利くことさえまともにできていない状況だ。話せばまた、感情があふれ出してしまいそうで怖かった。

――井田、俺にあきれたかな……？

怒ったり泣いたりと、我ながらちっとも可愛(かわい)げがない。愛想を尽かされたとしても文句は言えないだろう。

「でも、本当によかったの？　クリスマスイブ、誰かと予定があったりしたんじゃない？」

千尋の夫、広樹(ひろき)にそう尋ねられ、青木はぴたりと動きを止めた。千尋が慌てて広樹の口を押さえる。

「もう、無神経ね！　予定がなにもないさみしい子だから、ここにいるんでしょ！」

優しいのだかひどいのだかわからない姉の言葉が、ボディーブローのようにじわじわ効いてくる。――そう。俺はさみしい子。せっかくのクリスマスを井田とケンカしたまま迎えて終えるんだ……。

「……いいから早く準備しようぜ」

青木が任されているのは、当日客を狙った屋外でのホールケーキの販売だ。着替えを終え、店の前にテーブルを置く。見本のケーキを見栄えのするように並べ、釣り銭と袋も用意。――よし、準備は万端だ。

青木は通りに目を向けた。どこを見てもカップル、カップル、カップル……。幸せそうに身を寄せ合って歩く男女がここにも、あそこにも。

……虚無。凍(い)てつく風が心に吹きすさび、青木は半眼になった。

けっ、なにがクリスマスだ。あほらしい。あほらしすぎる。

恋人たちの聖なる日？　いや、違う。商業主義が金儲(かねもう)けのために飾り立てただけの、ただの平日にすぎない。

ならば……。ならばいっそ――。

青木は高らかにベルを掲げ、チリンチリーンとかき鳴らした。

「いらっしゃいませぇっ！　クリスマスケーキ、いかがですかぁ！　ホールケーキにブッシュ・ド・ノエル！　おいしいですよー！　毎年ご好評のお品でぇすっ！」

ならばいっそ稼(かせ)いでやる。いちゃつく恋人たちの幸福を円に……我がバイト代に変えてやるっ！

「ヘイ、そちらのお二人！　チキンのお供に当店のケーキはいかがですか？」

道行くカップルに声をかけ、ケーキのサンプルを示す。「おいしそう」と彼女が目を輝かせると、「買っていこうか」と彼氏と応じた。

「それじゃあ、ブッシュ・ド・ノエルください」

「ありがとうございます！　すぐご用意いたしまぁすっ！」

青木はとびきりの営業スマイルを浮かべ、チリリーンとベルを鳴らした。それを呼び水に続々と人が集まり始める。

「いらっしゃーせ！　いらっしゃーせぇっ！」

完全に自棄を起こしていた。忙しければ、むなしさを感じる暇もない。一心不乱に呼び込みをかけ、ケーキを売りさばいていく。

その後しばらくは帰宅ラッシュと重なり大賑わいだったが、午後七時を越えた辺りで来客がプツンと途絶えた。

青木はふぅっと息をつき、千尋が差し入れてくれた使い捨てカイロで手を温める。

――井田はもう、部活終わったかな……。

はっとして頰をパチンとたたく。隙あらば井田のことを考えるな。しゃんとするんだ。

「青木くん、お疲れ様」

聞き覚えのある声に顔を上げると、テーブルの前に笑顔の橋下さんが立っていた。

「橋下さん！　本当に来てくれたんだ！」

クリスマスは姉夫婦が営むパティスリーでバイトをする。そんな話をした時、橋下さんは「絶対に買いに行くね」と言ってくれていた。

「わぁ、全部おいしそー」

サンプルをのぞきこんだ橋下さんは、しばし迷った末、イチゴのホールケーキを注文してくれた。「まいどありっ！」と青木は、保冷庫からケーキの入った箱を取り出した。

「橋下さん、あっくんに告白したんだってね。頑張ったじゃん」

袋に入れた箱を差し出しながら言うと、橋下さんは顔を赤くした。

「そうなの。ずっと報告したいと思っていたんだけど、青木くん、井田くんとお付き合いが始まって、かなりあっぷあっぷしているみたいだったから、なかなか言えなくて……」

あはは、と青木は力なく笑った。そこまで余裕なく見られていたわけか。

「あ、そうだ。もしかしたらあっくん、ここに来るかもしれないよ」

相多は去年のイブ、ケーキを買いに来てくれた。「今年も売り上げに貢献してやるよ」と言っていたから、そのうち顔を見せるはずだ。

そう説明すると、橋下さんはますます赤くなった顔をマフラーにうずめるようにして、

「実は今日、相多くんと駅前のイルミネーションを観る約束をしていて……。ここで待ち合わせなの」

「それって完全にデートじゃん！」

「……そう思ってもいいのかな？」

橋下さんは照れながらもうれしそうだ。

どうやら二人の関係は着実に進展しているらしい。橋下さんの気持ちを思えば喜ばしい

が、友達二人が遠くにいってしまうような感じがして、少しさみしい気もした。あと、自分を好きだと言う相手をすんなりデートに誘える相多のちゃっかり具合が、ビミョーにむかつく。

「青木くんは今日はずっとバイトなの？　井田くんとは、明日お祝いするのかな？」

無邪気に聞かれ、また井田の姿が思い浮かんだ。向こうはきっと、自分のことなんて考えてやいないだろうに……。

「……ううん。明日も一緒には過ごさないよ。俺たち、もう駄目かもしれない……」

うつむいた拍子に帽子がずり下がった。橋下さんは「え？」と驚いたように聞き返す。

「最初から無理があったんだよ。男同士だし、井田は俺のこと好きじゃねーし……。ずっとすれ違ってばかりなんだ」

不安ばかりが募る。関係がばれたら、井田が嫌な思いをするんじゃないだろうか。そもそも自分と付き合って井田は楽しいのだろうか。いつか井田がふと我に返り、さよならを告げられる日がくるのではないか。

「付き合っちゃえばどうにかなるかもしれないと思ったけど、やっぱどうにもなりそうにない。俺ばっかりが好きで、俺ばっかりが振り回されて、あいつの気持ちは全然見えてこない。そばにいればいるほど、苦しいんだ……」

ふと頬に冷たさを感じた。涙がこぼれたのかと思って焦るが、ぬぐってみるとそれは小さな雪片だった。

雪は青木の指先でまたたく間にとけて消えた。悲しいぐらい、あっさりと。

「……青木くん。その気持ち、井田くんにちゃんと話すべきだよ」

橋下さんは青木の目をじっとのぞきこんだ。

「あのね、青木くん自身は気づいてないかもしれないけど、井田くんはいつも青木くんのこと……」

そこで言葉を止めた橋下さんは、背伸びをして青木の頭に手を伸ばした。間近に顔が近づき、思わず胸がどきりと鳴る。

――は、橋下さん、なにをっ……。

「井田くんに会いに行っておいでよ。今すぐ」

そう言った橋下さんは、青木の頭からサンタの帽子を取り上げた。思いがけない言葉に、青木は目を泳がせる。

「む、無理だよ。合わす顔がないし……。っていうか俺、ケーキ売らなきゃ……」

「ケーキなら私が売る！　私こそがサンタだよっ！」

橋下さんは自分の頭にサンタの帽子をかぶせると、胸を張ってそう宣言した。

「……え、ええ……」

これは妙なことになってきたぞ。青木が「でも」と言いかけたところに、相多が「お待たせー」とのんきな面でやってきた。

「相多くん、いいところに！　相多くんは袋詰めお願いね。私は会計をやるから」

「……へ？　袋詰め？」

相多はとまどった様子で青木たちを見比べた。当然だ。可愛い女の子とイルミネーションを観るつもりが、なぜか袋詰めを命じられたのだから。

しかしそんな相多に構わず、橋下さんは自分が買ったケーキの箱を青木に押しつけた。

「これを持って井田くんのところへ行って。怖がらず、お互いの気持ちをぶつけ合うの」

「えーっと……やっと井田と仲直りする気になったってこと？　よくわかんねーけど、そういうことならここは俺たちに任せて行ってこいよ」

相多に肩をたたかれ、青木はうつむいた。

友達二人に背を押されても、心はまだ迷っていた。

ぶつけ合ってその先はどうなる？　そもそもぶつけるほどの気持ちを井田は自分に抱いているのだろうか。

「でも……」

「でもじゃないっ！　弱気は駄目だって、強い自分に生まれ変わろうって、雪山で一緒に誓ったじゃない！」

橋下さんが突き出した手が、ガツンと青木の胸を押した。

「出たっ！　橋下さんの張り手！」

まるでサッカーの名プレイでも見たかのように、相多がこぶしを突き上げる。「出た」って、そんな名物なの？　橋下さんの張り手って……。

青木は胸を押さえた。痛みはしない。けれど熱さは感じている。

――そうだ。もう弱気にはならないと決めたはずだ。新しい自分に生まれ変わったはずだ。

あの雪の日の夜、自分は一歩踏み出した。同じことが、またできないわけがない。

「……橋下さん、あっくん。あとは頼む」

そう言うと、二人はにっと笑って「おー！」と手を上げた。そこにケーキの箱を抱えた千尋がやって来る。

「補充持ってきたよー……って、なにこれ？　どういう状況？」

「姉ちゃん、ごめん。俺、行くわ」

青木はケーキの箱を抱えて走り出した。「ちょっと、想太!?」と、姉が焦った声を上げげる。

気持ちを話して、その先、どうなるかなんてわからない。でも、今したいことはわかる。

俺はただ、井田に会いたい——。

■■■

弟さんはケンカした友達と仲直りしに行きました。そう説明すると、千尋は「まったくあの子は……」とあきれたようなため息をついた。

「急に仕事をほっぽり出すなんて……。二人とも、うちの弟が迷惑をかけてごめんなさいね」

頭を下げた千尋に対し、橋下さんは慌てて首を振った。

「迷惑だなんて、とんでもないですっ」

自分と青木はそっくりだと、橋下さんは思う。すぐ後ろ向きになってしまうところとか、不器用なところとか……。

でも、青木くんはすごい。ぺしゃりとつぶれたって、ちゃんと立ち上がって前に進んでいくんだから——。

その姿に何度も勇気をもらった。消しゴムに名前を書くぐらいしかできなかった私が相多くんに想いを告げられたのは、青木くんの存在があったから……。

今度の今度こそ、私が青木くんを助ける番だと、橋下さんはサンタの帽子をかぶり直した。

「だいじょぶっすよ。俺たち、しっかりやるんで任せてください」

胸をたたいた相多に、千尋は再び頭を下げる。

「それじゃあ、お言葉に甘えてどうぞよろしくお願いします。なにかあったら、店に声をかけてね」

千尋はいそいそと店に戻っていった。橋下さんはちらりと相多を見上げる。

「勝手なことしてごめんね。イルミネーション、せっかく誘ってくれたのに……」

「ほんとだよ。俺、めちゃくちゃ楽しみにしてたのにさー」

ため息まじりに言われ、橋下さんは「ご、ごめんなさい」と頭を下げた。

「……橋下さんってさ、意外と大胆つーか豪気だよね。いきなり張り手かましてくるし、いきなり告白してくるし……」

ぼそりと言われ、橋下さんは「そうかな」とまごついた。褒められているのかけなされているのか、判断がつかなかった。

「……そういうところ、仲良くなるまで全然知らなかった。知れてよかったと思ってる」

はっとして顔を上げると、相多は笑っていた。

彼に恋をしたのは、高校入試の時――。

受験票を家に置いてきたことに気づいた橋下さんは、校門の前で絶望していた。そんな彼女に「大丈夫?」と声をかけてきた相多もなんと、受験票を忘れていた。

「平気、平気。こういうのは係の人に事情を話せば、意外とどうにかなるから。俺の第六感も大丈夫だと告げてるし」

見ず知らずの人にそんなことを言われても楽観はできず、橋下さんは「もう帰る」とうなだれた。

しかし、相多は橋下さんの腕を引っ張ると、校舎に向かってずんずん進んでいった。

「ほんとに大丈夫だって。俺の勘は当たるから。ジャンケンは強いし、おみくじはいつも大吉だし、生命線は長いし」

「生命線は関係ない」

無茶苦茶な主張に思わず笑みがこぼれた。すると相多も笑い、

「やっと笑ったー」

きっと自分を安心させるために言ってくれたのだ。そう思ったら、胸が温かな気持ちで

いっぱいになった。

今もあの時と同じように、胸が温かく満たされている。

——私はやっぱり、相多くんが好きだ。この初恋をあきらめたくはない。

「……これからもっと知ってもらえるように、頑張ってもいい？」

ためらいがちに尋ねると、相多は噴き出すように笑い、頭の上で大きな丸を作った。

「おう、かかってこい」

——好きってなんだ？

打ち上げられたボールが、ふわりと宙を舞う。助走をつけたアタッカーが、飛び上がって手を振りかぶる。

——俺は青木のこと、どう思っている……？

「——井田っ！」

我に返った瞬間には、ボールは目の前にあった。

バチンッと電流のような衝撃。床に膝をついた井田は、額を押さえる。

「いってぇ……」

「あちゃー、思いきりいったな」

駆け寄ってきた部長が井田の背に手を置いた。井田は大丈夫という意味をこめ、片手を上げた。

「すまん。ぼうっとしてた」

「冷やした方がよさそうだな。部室に行こう」

豊田(とよだ)に腕を引かれて立ち上がる。部室に入ると、豊田はクーラーバッグから保冷剤を取り出した。

「ほら、冷やせよ。真っ赤になってるぞ」

「ありがとう」

ベンチに腰かけ額に保冷剤を当てる。ジンジンと響く痛み……これはもしや、いつまでも煮え切らない自分に対する天罰なのだろうか。

「……浩介(こうすけ)。今日はずっと上の空だな」

幼なじみの指摘に井田はうつむく。図星だった。

「ごめん。ちゃんと集中する」

「怒っちゃいないけど。……なぁ、もしかして青木ともめた？」

「な、なんで青木?」

ぎくりとして固まる。

バレー部の仲間には、先日きちんと訂正を入れておいた。青木と付き合っていると言ったのは単なる冗談のつもりで、まさか本気にされるとは思っていなかったと。みんな、「なんだ。驚かせるなよ」とすんなり信じていたのだが……。

「幼なじみ、なめんなよ。浩介が冗談であんなこと言うわけない。ほんとに付き合ってるんだろ、青木と」

「本当だ」

豊田の口ぶりは嫌悪も侮蔑もなく、どこまでも平坦だ。井田は観念して息をつく。

「やっぱりなー」

隣に座った豊田は、だらりと足を伸ばして井田に笑いかけた。

「びっくりはするけど、いいと思うよ。好き合っている同士ならさ」

好き合っている同士……。青木は見ていてわかりやすい。時々こっちまで照れくさくなるほどの好意を滲ませることがある。

——でも俺は?　俺は本当に青木を好きなのだろうか。

「青木と喧嘩でもしたの?　もしかしてこの前みんなで祝いに行ったの、まずかった?」

「いや……一番の原因は俺なんだ」

井田はすべてを話した。好きかどうか確証がないまま青木と付き合い始めたこと、自分の不用意な言動が、青木を傷つけ、喧嘩になってしまったこと……。

振り返ってみれば、あの時は柄にもなくはしゃいでいた。いちいち真剣な青木の様子がおかしくて、構わずにはいられなかった。

「浩介、お前……ずいぶんと思い切ったことを……」

豊田は頭痛をこらえるかのようにこめかみを押さえた。幼なじみの反応に、やはり自分の気持ちもわからないまま交際を始めたのは、浅はかだったのではないかと不安になる。思えば自分は、青木のことを笑わせたことより泣かせたことのほうが多い気がする。

「なぁ……まさかそれ、浩介のほっとけない病じゃないよな？」

心配げに言われ、井田は「ほっとけない病？」と聞き返した。

「お前、困っている人に弱いだろ。バレー部入ったのも文化祭の代役も、頼まれたからってあっさり引き受けた。豆太郎だってそうだ。雨に濡れて震えているのを見捨てられなくて、家に連れて帰っただろ。青木のことも、拒絶するのが不憫で付き合っただけじゃないのか？」

「違う！　そんなんじゃ……」

ないと言い切れるか？　本当に？

自分の気持ちがわからない。青木のことを思い浮かべると、胸がざわざわして考えがまとまらなくなる。

「……あのな、浩介。青木が本気でお前を好きなら、同情で付き合うのは余計に酷なんだぞ」

幼なじみの声音は穏やかだったが、そこには確かに叱責の色もあった。

「……俺は練習に戻るよ。お前はもう少し休んどけ」

豊田は井田の肩を軽くたたくと、部室から出ていった。

井田は保冷剤を握りしめる。冷やし過ぎた額はすでに感覚を失っていた。


部活を終え、玄関の扉を開けると、待ち構えていた豆太郎がおかえり代わりの一声を上げた。

「ただいま。豆太郎」

井田はかがんで愛犬に手を伸ばした。顔回りをわしゃわしゃとなでてやると、黒い目が満足そうに細められる。

家の中はしんとしていた。両親は留守だ。クリスマスということで外食に出かけている。井田も店の予約を取る段階で誘われていたのだが、「俺はいい」と断った。部活があったし、それに……。

部活が終わったあとなら、青木と一緒にケーキを食べるぐらいはできるのではないかと考えていた。しかしそれとなく聞いてみると、青木は両日とも姉夫婦のパティスリーでアルバイトだと答えた。

それならばイブも当日もかなりの忙しさだろう。無理に時間を作らせるのも悪い気がして、誘うことができなかった。

豆太郎が足踏みを始める。散歩を催促するいつもの合図に、井田は「わかってるよ」とリードを取りつけた。

家の外へ出てなじみの散歩コースを歩く。雪が舞う中、民家の塀に飾られたイルミネーションが、チカチカと楽しげに輝いていた。

青木は今ごろ大忙しだろう。前に「姉ちゃんたちの店は超人気店なんだぜ」と得意げに話していた。店の外で売ると言っていたけど、寒くはないだろうか……。

ビンッとリードが引きつり、豆太郎が不満げに井田を振り返った。いつの間にか歩くスピードが落ちていたらしい。

「悪い。ちゃんと歩くよ」

井田は歩調を速めた。豆太郎は主の異変を感じているのか、普段以上にちらちらと井田を見上げてくる。

「お前にまで心配かけて、俺はどうしようもないな……」

井田のつぶやきを理解したのかしていないのか、豆太郎はふすんと鼻息をもらした。

結局、好きってなんなのだろう。自分は青木を好きなのだろうか。

ため息が白く色づいた。考えたってわからないのが恋愛だと、修学旅行の時、豊田は言っていた。

……だったら、どうすりゃあいいんだよ。

『青木が本気でお前を好きなら、同情で付き合うのは余計に酷なんだぞ』

豊田の言葉はもっともだ。本気の青木に対してなあなあで付き合い続けても、向こうを傷つけるだけ。

それなら……もう終わりにする？　全部をなかったことにして、元通り、ただのクラスメイトに戻る？

「……嫌だ」

井田は立ち止まった。意図せずもれた言葉に、自分自身が驚いていた。

だって、青木と一緒にいるのは楽しい。自分の一挙一動に照れたり焦ったり、怒ったり泣いたり……。

青木のそういう素直な反応を目にするたび、井田は心を柔らかなものでくすぐられるような、むずがゆくも心地のよい感覚を覚える。

あの不思議な感覚を手離したくない。それどころか、もっといろんな表情を見てみたいと思う。一番近くで、他の誰もが知らないような青木の顔を……。

その途端、全身を衝き上げるような衝動がわいた。

「……豆太郎、すまん。散歩は中止だ」

井田はリードを引いた。

青木に会いに行こう。会ってどうするかはわからない。ただ会いたいから、会いに行く。

駅に向かおうとして、ふと足を止める。豆太郎を連れては電車に乗れない。一旦は家に戻らないと。

「帰るぞ」

踵を返そうとするが、豆太郎は頑として動こうとしなかった。まだ歩き足りないと言わんばかりに、身を低くして四肢を踏ん張る。

「豆太郎。今日だけ頼む」

井田は強めにリードを引いた。豆太郎は負けじと腰を引き、そして——。

スポンッと首輪が抜けた。「あっ」と井田が声を上げる間に、豆太郎は駆けだした。

静止を命じる主の声を無視し、豆太郎は走った。

豆太郎はもはや頑是(がんぜ)ない子犬ではない。主の言うことは聞き分ける、利口さと忠実さを備えた立派な成犬である。

豆太郎は主が悩んでいるのを知っていた。ゆえに脚を止めるわけにはいかなかった。その原因があの者……、お手もお座りもできなさそうな、青木という男であることも。

青木を初めて目にした時、豆太郎は四本脚の本能で感じ取った。この男は危険だ。いつか主に重大な異変を引き起こすと——。

その予感は間違っていなかった。トイレさえ失敗していそうなあの者は、身の程知らずにも主の心をかき乱した。

豆太郎は青木を好んではいない。アホのにおいがプンプンとして、主の隣に立つには相応(ふさわ)しくない。

——だが。

豆太郎は井田家の忠実なしもべである。だが同時に、浩介の最良の友でもあった。友が友のために駆けることを止められる者などいはしない。

我らは一心同体。種を超えた魂の同胞。浩介の望みは、豆太郎の望み——。

「豆太郎、待て！」

だから待たない。一心に駆けていく。アホのにおいがするほうへ——。

地面を蹴りつけ、ギュインと道を曲がる。

——ほら浩介、見つけたよ！

「——まっ、豆太郎⁉」

相変わらず間抜けな顔をした男は、駆け寄る豆太郎の姿に仰天した。直後、その目はますます見開かれる。

「井田⁉」

己の役目は終わりだ。豆太郎はスピードを緩め、青木の足元に近寄った。

「……豆太郎……お前、もしかして俺のために井田を連れてきてくれたのか？」

青木は感極まった様子で豆太郎に手を差し出した。

お前のためではなく、浩介のためである。

自意識過剰ぶりがムカついたので、やっぱり靴は噛んでおく。

豆太郎にガブリと靴を嚙まれ、青木は「ぎゃっ」と身をのけぞらせた。

「なぜお前は俺の靴を嚙むんだ⁉」

息を乱した井田は、豆太郎ともみ合う青木に近づいた。リードを拾い上げると、豆太郎はぱっと青木の靴を離して井田を振り返った。

ほめてほめて。まるでそう言うかのように、豆太郎は井田の足に体を擦りつけてくる。

「……ありがとうな」

――俺をここまで連れてきてくれて。かがみこんで背中をなでると、くるんと巻いた尻尾(しっぽ)が心地よさそうに揺れた。

井田は立ち上がり、サンタの衣装をまとった青木を見つめる。

「青木……」

「メリークリスマス！　なんちゃってー」

青木はケーキの箱を掲げてみせた。しかしすぐにそのおどけた笑みは消え、目の縁に涙が溜まり始める。

「井田……。あの、俺……」

泣くまいとしたのか、青木はぎゅっと目をつむった。井田は青木に一歩近づく。

「青木、目を開けてくれ。……頼む」

懇願(こんがん)を込めた言葉に、青木のまぶたがぴくりと動いた。

おずおずと開かれた目。そこからこぼれた涙が一粒、青木の頬(ほお)をつうっと伝った。

井田は手を伸ばし、温かな雫(しずく)を親指でそっとぬぐった。——その瞬間、すべてがすとんと腑(ふ)に落ちた。


井田に頬をぬぐわれ、青木は一瞬、呼吸を忘れた。

「……お、お前、なにを……」

動揺(どうよう)は遅れてやってきた。頬を押さえた青木に対し、井田は「ごめん」と頭を下げた。

「部活のやつらに勝手に話したり、お前の反応からかったりして、不安にさせて……。俺、かなり浮かれてたみたいだ」

「浮かれてって……」

それが意味することを察し、青木は瞠目(どうもく)した。

「……え？」

「今、やっとわかった。俺は青木に好きって言われてうれしかったんだ。舞い上がってた。——俺、お前が好きだ」

今度は呼吸どころか心臓までが止まった気がした。青木はひゅっと息を吸い込み、

「う、嘘だ！　だってお前、そんなそぶり一つも……俺のこと、からかってばっかで……」

「嘘じゃない。俺、お前の反応が見たかっただけなんだ。お前が照れたり焦ったりしてんのが可愛いから」

堂々と言われ、青木は顔を真っ赤に染めた。——真面目くさった顔で、なにを言い出すんだ、こいつは……！

「俺はお前を見ていると、いつも胸が苦しくなる。お前が好きなんだ。子供みたいだけど……」

「わ、わかったから！」

青木は井田の口を塞いだ。これ以上おかしなことを言われたら、心臓が破けてしまいそうだ。

「もう十分だから、ちょっとタンマ……」

呼吸が乱れ、動悸が鎮まらない。

井田が俺を好きだって……。井田が俺を好きだって……。井田が、俺を、好きだって!!

本当に？　夢じゃない？　青木は頬を思いきりつねった。——ちょー痛ぇ！　現実だ！

「時間がかかって悪かった」

申し訳なさそうに顔を伏せた井田を前に、じわじわと実感が高まっていく。顔どころか全身を真っ赤にした青木は、フフンと鼻を鳴らして両腕を組んだ。

「ま、まぁ、恋愛においては俺のほうが上手だからな。大目に見てやるよ」

すべての不安が「好きだ」の威力で消し飛んだ。井田がくれた本気の答えだ。

井田に会いにきてよかった。あきらめないでよかった。心の中、背中を押してくれた友達に礼を言う。

有頂天(うちょうてん)の気分が隠せない青木の姿に、井田はふっと笑みをもらした。

「ケーキ、持ってきてくれたんだな。うちで一緒に食べよう」

「……うん。サンタさんの飾りは、井田にやる」

「ありがとな。豆太郎はイチゴをもらおうな」

豆太郎はワンッと喜びの声を上げた。二人と一匹、並んで歩き出す。

白い吐息をこぼしながら、青木はしみじみと思う。この一歩を踏み出すため、自分は右往左往(うおうさおう)、とんだ遠回りをしてきたような気がする。

——でも、これでいいんだ。焦る必要はない。空から雪がひらひらと舞い落ちてくるように、自分たちのペースで、ゆっくり進んでいけばいい。

ふと右手が温かな感触に包まれ、青木はびくりとした。井田の手が、青木の手を包み込んでいる……。

……えっ？　お前、急にかっとばしすぎじゃない？　ゆっくりいくんじゃないの？　つーか、人に見られるわ！

「おい、井田っ」

「……駄目か？」

ねだるような甘えた表情に、青木のハートはズキュンと打ち抜かれた。――お前、その顔は反則だって……！

「駄目じゃないっ！　全然っ、駄目じゃない！」

今日はクリスマスイブ。誰もが自分の大切な人のことで頭がいっぱいで、青木たちのことなんか気に留めてやしない。

――いいよな、今日くらいは。

ぎゅっと手を握り返すと、井田は微笑み、つないだ手を自分のポケットにつっこんだ。

冷え切っていた手がじんわりと温かくなっていく。

井田の体温が心地よくて幸福で、なんだか泣きそうだった。

※この作品はフィクションです。実在の人物・団体・事件などにはいっさい関係ありません。

集英社オレンジ文庫をお買い上げいただき、ありがとうございます。
ご意見・ご感想をお待ちしております。

●あて先
〒101-8050　東京都千代田区一ツ橋2-5-10
集英社オレンジ文庫編集部 気付
宮田　光先生／アルコ先生／ひねくれ渡先生

小説
消えた初恋

集英社
オレンジ文庫

2021年10月25日　第1刷発行
2023年 6 月21日　第6刷発行

著　者　宮田　光
原　作　アルコ・ひねくれ渡
発行者　今井孝昭
発行所　株式会社集英社
〒101-8050東京都千代田区一ツ橋2-5-10
電話　【編集部】03-3230-6352
【読者係】03-3230-6080
【販売部】03-3230-6393（書店専用）
印刷所　図書印刷株式会社

ISBN 978-4-08-680415-8 C0193